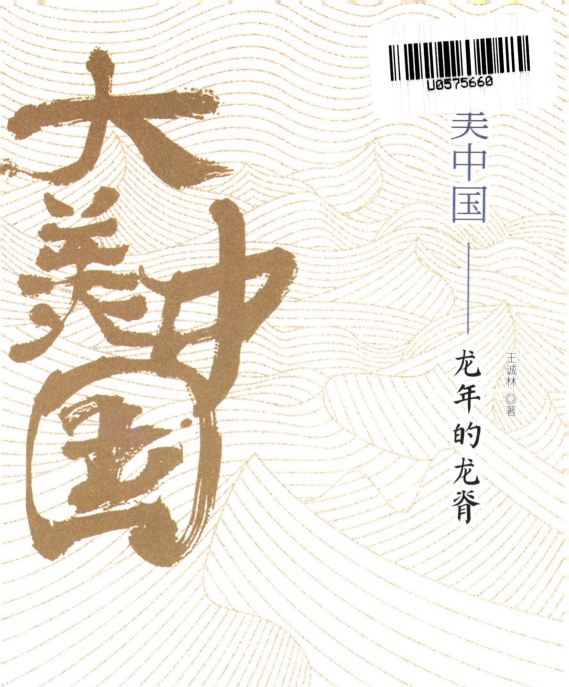

大美中国

美中国——

龙年的龙脊

王诚林 ◎ 著

三环出版社
SANHUAN PUBLISHING HOUSE

图书在版编目（CIP）数据

龙年的龙脊 / 王诚林著 . -- 海口：三环出版社（海南）有限公司，2024. 9. --（大美中国）. -- ISBN 978-7-80773-319-5

Ⅰ. I267

中国国家版本馆 CIP 数据核字第 2024RK5347 号

大美中国　龙年的龙脊

DAMEI ZHONGGUO　LONGNIAN DE LONGJI

著　　者	王诚林
责任编辑	卢德花
责任校对	张华华
装帧设计	吕宜昌
出版发行	三环出版社（海口市金盘开发区建设三横路 2 号）
	邮　编 570216　邮　箱 sanhuanbook@163.com
社　　长	王景霞　总编辑 张秋林
印刷装订	三河市同力彩印有限公司
书　　号	ISBN 978-7-80773-319-5
印　　张	13
字　　数	150 千字
版　　次	2024 年 9 月第 1 版
印　　次	2024 年 9 月第 1 次印刷
开　　本	690 mm × 960 mm　1/16
定　　价	68.00 元

龙年的龙脊 目 录

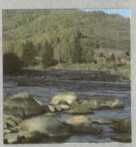
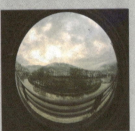

尊重自然就是尊重自己

广西南宁市因其独特的自然环境和城市规划而被称为"绿城"。走在齐整有序的街道上，有一种在林间行走的感觉。鸟儿在林梢飞翔，生命在林间流动。

站在南湖桥上，眼前的汪亮延伸向天际。紫色花朵迎春开放，昭示着生命的热烈欢欣。

南湖静静地躺在花与城的怀抱里。

远天幽蓝。湖岸高楼林立。

静，是这幅画面的主色调，分别由多种色块组成。它孕育着生命的蓬勃生机。昭示并告诫世人，改造自然，尊重自然，尊重自然就是尊重人类自身。

蓝精灵

夜，落下帷幕，远方的天空，呈现出蓝色调，把自身色彩投给这片蓝色之湖。

　　这是在南宁青秀山公园，园内森林、竹木及各类植物遍布，热烈盛开的鲜花，点亮园中小路。

　　湖水悠悠，楼阁高耸。

　　这时候，绕着湖堤漫步，不失为一件快事。因为游客逐渐稀少，公园显得更静，湖也显得更幽，心更安宁。这种环境，很想说些什么。突然间，一道蓝色精灵从湖面划过。它的出现，似乎把想说的给说了。

船影破浪

　　全州是广西的北大门，湘、桂在此接壤。人杰地灵，自古为兵家战略要塞。

　　站在全州桥上，依江朔望，心胸有一种被骤然扩展的感觉。

　　江水悠悠，江面开阔。城，傍水而居，仿佛睡着了。远山仿佛在云端里。

　　蓝色调的江面，仿佛凝固了一般。忽然间，两只船儿从江的纵深处破浪而出，一时间，波翻浪涌，寂静被打破。生活似乎也需要这样，沉寂固然好看，但波澜能激发情感，激活生命本身。

五彩缤纷演出

　　2011年仲夏，以龙胜县龙脊梯田为龙头的湖南、广西两省三县文化旅游节开幕。

　　龙胜是一个多民族县份，有丰富的旅游资源，龙脊梯田，矮岭温泉，早为世人知晓；花坪林区，彭祖佛光圣地。平等、乐江侗寨人文景观，正徐徐拨开其神秘面纱……这天，县城宏大的体育场上，群情涌动，欢声雀跃。五彩烟云中，透出五朵花环，它们象征着苗、瑶、侗、壮、汉五个民族的团结、兴旺盛景。多耶舞的旋转舞步，带出生命的旋转，旋转开生命的形态，绽放出朵朵如云的生命火花。

小城春暖

　　春天总是给人以生机勃勃的感受；给人以清新，以自由飞翔的启迪；春天总是给人以美好的梦想。小城昨晚做了一个充满诗意的梦。早上醒来，春天已在窗前招手。

　　这里是龙胜县政治、经济、文化中心。雨后的小城，呈现出些许蒙眬睡态，一湾流水将城团绕。远处的山峦上，飘着如丝的雾。远空泛红，江柳垂丝。

　　暖暖的小城，暖暖的江流，暖暖的城郭。春天的暖意，已蔓延至城的每根神经末梢。

诗一样的龙胜

我曾涉足大半个中国，跨越过长江、黄河，到达武汉、南京、上海、西安、北京，然后掉头南下，达广州、珠海。虽曾流连忘返，但最终依然眷恋我的小城，我赞美自己生活的这座小城——龙胜的温馨美丽。因为这里有一条绝少受到污染的桑江，有一片保护得极为青秀的山川植被。假如把龙胜这片土地比作母亲的话，那么桑江就是母亲身体里日夜流淌的血液。

我是母亲膝下一个永远长不大的孩子。自从父母血液赋予我生命，我就一直徜徉在母亲的胸怀里。母亲通过她肌体内各种器官的有效功能，输给我血液，输给我骨骼肉体所需求的养分，输给我智慧与思想。母亲十月怀胎，历经千辛万苦，在一阵剧烈阵痛之后，我光着脚板，哇的一声来到这世上。

我不是一个很好的孩子，但绝不是一个坏孩子。我知道，无论我骨骼如何硬朗，我依然是一个永远都长不高，永远也离不开母亲怀抱的孩子。母亲充满活力的血液永远在我身体里流淌，她永远延续着我的生命，永远是我体能的源泉。

清晨，我伫立在桑江边，仰望着璀璨的朝阳升起，我呼吸着纯净如泉的空气，眺望着云蒸霞蔚，如梦如幻，宛若飘带的桑江水，清澈、明净、甘甜，从巍峨耸翠的远山流出来，一直流入我的胸间。我步入江中，捡几枚溜光圆滑、纯洁可爱的彩石置于书案。我溯江而上，在直入桑江的发源地，那里，瑶胞的水碓会与你细诉家常；在苗民简陋的草棚里，飞转的米碾与你奔赴岁月征程……

一处处的山民们在清溪旁耕田、种菜、挑水、洗衣。劳作得累了，就掬一口山溪水喝，神态是那样酣畅、悠然与自得。

那澄碧洗练青峰倒映的江中，我看到，衣着土著，形胜彩蝶的瑶、苗农家女，正将一头头瀑布样的长发飘洒进江流中揉搓与荡涤；一群群光着屁股的少年鱼贯而入江心的一尊顽石上，做一种游戏；山岸上，正演奏着的美妙动听的侗家琵琶曲，从古老的木楼中飞传出来，在江空盘旋一阵后，便挂上了江岸壁峭盛开得如火如炽热闹非凡的杜鹃红树梢。

这时候，深谙水性的壮族、汉族兄弟撑着竹排一篙一歌过来

了，他们要打捞这一江的彩色……

我看到，有那么一刻，母亲红润的容颜在变色；母亲丰腴健美的身体在抽搐、在颤抖；我看到有人向桑江排放有害的污水；我看到有人向桑江倾倒比粪便肮脏十倍的悬浮物；我看到有人将造纸厂化学毒素很高的污染物倾泻进江流里，这是在向母亲的血液注入致癌物。满川满江，树枝上，峭壁间，缝隙中，河汊里无处不在流着、飘飞着臭气熏天、令人不堪入目的白色污染，黑色污染，一时间，母体上下，里里外外无处不受到感染。

江流沉寂了，母体在发抖。这时候徜徉在母体中的我，已感触到母体脉搏的不匀称，感触到母亲心律的不齐，感触到母亲呼吸的困难，感触到已然流进母亲血液里的杂质。

母亲的血液起源于肝脏，经胸腔直达于大脑，再经由大脑源源不断地流入四肢百骸。循环往复，如大海中之波涛，如江河中之绿浪，如溪水中之涓涓细流。正是有了这日夜奔流不息的健康血液的流转，母体才得以生命的强盛。

我是母体里一个微弱细小的细胞组合体，自从母亲的血液渗透进病菌后，我亦受到了感染。母亲满肠满肚，满身满脸都受到了严重侵害。母亲的血液在发污，在变黑，在经受旷古未逢的奇难；母亲的肌肤在发酸变腐，母亲痛苦的脸被拉长了；母亲痛苦我痛苦，母亲发烧我发烧，母亲呻吟我呻吟；我紧紧贴着母亲战栗的身子，牵动着母亲剧痛的心脏，我听到母亲的内心在呼号、在悲鸣、在呐喊、在抽噎，母亲的心在流血呀，我的稚嫩的刚刚成胚胎的身子，会不会转而变成四肢不全？会不会毁容？会不会损貌？会不会变成佝偻的畸形人？会不会变成畸形心脏？会不会胎死腹中？会不会导致连同母体在内的整体消亡与毁灭？这绝非

危言耸听的遐想。

在北京东区一道水流汪汪的渠道旁，我看到一只守着水流的龟渴死了；在祖国版图的最南端，一位万念俱灰的尘世者，猛然发现以身相许的江流奇臭无比，于是把已经扑身而去的半个身子硬生生地抽转回来，弄巧成拙捡回条性命。

连天污染，遍地肮脏，水流毒化，在我们国度很多地方已成泛滥之势。

所幸者，我的日夜奔流，曾经一度染疾的桑江又复活了她往日青春秀美的容貌。这得益于政府部门断然铲除污染源流的决策。

青青的山，绿绿的水，游人如织的三角洲，仿如一片刚刚面世的处女地。真该好好入江再捡几枚河卵石。

桑江是美丽的，美到可以洗涤人生命灵魂的尘埃；

桑江是沉静的，沉静到可以听见自己脉息与血的流速声；

桑江是空明的，空明到可以透视自己的五脏六腑！

我是一个永远长不高长不大的孩子，我希望我生存依偎的母亲永远青春健康，母亲奔涌的血液永远欢快流畅。我愿桑江可以与世界上任何一条河流相媲美，当不会有丝毫的愧色！

民族风雨桥赋

　　龙胜各族自治县六十华诞，民族团结，四方援手，桥廊竣工。感其修行积善之功德，尊属赋文以记之。

　　辛卯孟冬，霜叶正红。凝重，修远，骄容，俊朗的民族风雨桥，以气宇轩昂之势，穿越历史烟云，栉风沐雨，一路高歌，合欢两岸，雄踞于桑水之上。

凭栏凝望，桥亭高耸，气若岚馨。南托香炉峰，北抵凤凰山。含两峰之气韵，凝江河之大气，举山川之秀色，仰峭壁之惊悚。冥想之中，北溯猫儿峰，南及福平包，峰脊云天，百溪争流。或逢大雨滂沱，天地浑涟，江水怒吼，狂奔入海。又或霜日初开，雾锁雄关，迷幻当中，隐现青、黄二龙，自湘入桂，雄踞勒黄峡谷。锁一川烟云，如梦两岸，但闻鸡犬相闻，田园序曲，风笛入耳。待到朗日如歌，上下碧空，白鹭翔集。湖光染彩，阵阵声乐，金波逐浪，纷至沓来。是夜，月出东山，万峰披霜，将军山下，芦笙恋歌，径流而来，相拥廊桥，以歌世风。

风雨桥，风雨人生路。长臂担风雨，路人避风港。秋月于此下榻，春风梁上偷眠。翘首长天外，四面揽才俊，八方拢贤德。

岁月悠悠，光阴荏苒。风雨桥，风雨情长，不以重负而卸责；不以江涛怒吼而生惧；不以风霜雨雪而颓废；不以孤影横江而落寞。热血胸襟，励志斯民，壮心相酬，天地人心。

温　泉

北出县城，汽车在蜿蜒曲折的道路上行驶，身下流淌着一条万古不息的悠悠桑江。溯江眺望，两岸群峰耸立，群峰深处，青杉点翠，那里就是温泉所在。

第一次见识温泉，已是多年前的事情了。那时候去温泉，没有今天这样的宽敞柏油公路，那只是一条四级乡村土路，那时候的温泉，还是一片万古蛮荒之地，峦近数十里，遮天蔽日不见人烟。时任江底公社的组织干事龙运吉先生问我："你知不知道矮岭温泉？"

我说："不知。"

他问我："想不想去？"

我说："想去。"

他说："那就走吧。"

攀行在基本算不上路的路上，人在草丛、藤蔓间行进，只闻鸟语，不见鸟踪，只闻花香，不见花容。身贴峭壁而过，偶闻密林深处几声不知是兽还是鸟的怪叫，不觉脊背阵阵发寒。

山，一重叠着一重；峰，一峰浪过一峰；水，一溪碾过一溪。半个小时后，拨开厚重的浓荫，远山闪出一座塔状尖峰，尖峰左右各依傍着一座矮小尖峰，三峰依傍，合称为金字山，金字山雄奇伟岸，颇带几分幽微，有"三山半落青天外"的美称。

矮岭温泉地属亚热带气候，处在大峡谷中，水流落差很大。纵横数十公里的茂密原始森林覆盖率达百分之百。

树木绿得滴翠，溪水清澈湍急，堆珠泄玉般，朗笑奔跑于山谷中。

依稀的密林中，升腾出一团团白雾，树影烟笼，似乳，如烟，像云，凝在壁间，浮在树梢，俨然一幅水墨画境。

转入谷底，涉过香溪，迎流而上，数十米外，一股股冒着热浪的温泉气息扑面而来。

泉流分为数股，从一堵麻石状的石壁间往外涌出，左旁一股最大，余下的皆为细股。它们合流、分流，分流、合流，最后坠下清潭，卷出层层热的波澜。清潭本属冷溪，冷热交汇，激出层层烟雾。我沉吟了许久，吟出一首歪诗：

空山深深深几许，幽谷藏娇唱千年。

一朝红颜惊世俗，淑女美名天下传。

玉河溪

　　真不知道怎样描述第一次听到你名字时的那种激动，而今来到你身旁，心反而宁静了许多，这也许出自你晶莹透明身子的穿透影响。

　　你身周的天，好高、好蓝。云，好纯净、好飘逸。

　　你的出生地与你的名字同样这般高，仿佛自天上来，我的足音仿佛自天上来，车亦仿佛从天上来。在我的意识里，你是天堂

流萤，是蓝田碧玉。现实中的你确乎如此，你通体透明，圆润洁净，不染丝毫杂质。你的抖动的身子溢为一种律动的美，曲线条的美。沿着山体徜徉，缓缓奔流。你将生养你的山掩映入怀；将蓝的天掩映入怀；将美的花草，美的竹木，美的果实掩映入怀，包括高原风貌，包括高原气候，所有这一切均是你的爱抚对象，并将其纳入你心的熔炉。我怀疑这满川满谷的幽香，这满川满谷的碧玉，这满川满谷的碎银，是你心的结晶的迸射与喷发。我没能力更为准确描述你的内在与外象，我只能说你是一首迷人的诗。

你好像会飞。确实，我已看到了你美丽的羽翼。

你以音乐般的调子走路，以孩子般的顽皮撩人，以轻风般的鞠态迎送来客。人向你走来，走入你的身，走入你的心。其实，你亦向人走来，向植物界走来，你沿着乳峰一样的大南山高原走来，走出一峰峰、一岭岭，走出一架架的山、一脉脉的梁、一道道的沟谷，然后汇聚到一起，形成你独特的身，独特的情怀，独特的胸襟，像拉竖琴一般，将心音越拨越亮，越拨越响；以怦怦的心跳与娇羞，映出你心的明快与欢畅，以此取悦世界，取悦于人。因为你是高原的女儿，你觉得更当这样回报高原母亲。

我喜欢看你竖着耳朵的样子，喜欢看你飘飘逸逸踮着脚跟走路的样子，喜欢看你轻轻松松、愉愉悦悦奔跑的样子。

我寻了块松软草地，倚在你身侧，好好地触摸触摸你、好好地亲近亲近你、好好地认识认识你。我轻轻抚弄你的脸颊，试着吮住你的唇，将手伸入你的围领，伸入你的胸，感受到一颗翻滚着热浪的怦怦直跃的心。心与心产生碰撞与交流。我猛烈而贪婪地吮吸你的甜丝丝的乳汁。由此让我想起母亲，想起小时吮吸母

乳的情景，想起母亲是怎样酿造蜜汁的。

你的形体中，软中有硬，硬中施柔。相对于山，你永远是高原母亲怀中的婴儿；相对于草木，你又成了养生父母；相对于石，你是雕刻之利刃；相对于男人，你是女人；相对于女人，你是男人。

我愿我是首诗，在你诗的河床上与你共眠；我愿我是条小鱼，日夜遨游于你的情怀；我愿我是你的爱人，坠入你的爱河，相乳相柔到永远；我愿我是个梦，绕着你的身子，进入他江，他海，那既是你的归属，也是我的归属。

雄山川之魂

　　龙胜这块神奇之地，素来以水见智，以山雄魂。境内五座雄峰，烘云托月，势如奔马，带出平等广南晴川的旖旎，逶迤出芙蓉田庄的富庶，书写出龙脊梯田的豪情，惊现出三门大罗盆地的灵秀，吟咏出江底温泉的清逸。

　　杜甫有登泰山而小天下之说，而龙胜之越城岭、天云山、福平包、广福顶、小南山等数座高峰，直逼霄汉，放眼天下，直揉

胸襟，目光悠远。

山有山的情怀，山有山的秉性，山有山的气质，山有山的目光，山有山的胸襟，山有山的激情。挺拔中见含蓄，坚韧中见柔情，富足中见礼仪，厚重中见空灵，睿智中见修养。苗、瑶、侗、壮、汉五个民族，五种丰腴，交融于村庄、河流、田野、山地，绘就史诗一般的宏图画卷。

伫立在侗乡的晴川上，仰见天云山，天云山入云端，群峰涌清泉，碧流抱村过，田野胡鸭戏春波，户户屋脊举炊烟。风雨桥廊，晖光笑织三春景，村姑羞抱琵琶半遮颜。鼓楼亭下，老翁夜读，偃武修文话人生。糯饭，酸鱼，酸肉，多耶舞，琵琶歌，风

雨桥和鼓楼文化，融入生命的脉络。其写意山水，写意生命，写意自然的民族凝聚力与创造精神，促人凝思。而其文化的延伸、思考，则深秀于侗族大歌的碧浪里。

云横霄汉的广福顶，是盘古王的故乡。王惠斯民，松竹朗月，林幽泉静，风塑山谷。一洼洼高低错落的田畴土地上，日子被春光彩绘，艰辛和汗水在盘王后裔们坚毅的脸上，述写着生命的颂歌，诚挚的理想与信念，光耀山川的瑰丽。而那条奔腾亿万斯年的大罗河，湍急而滋民，横流而生勇。百丈清流，虎跳龙潭，以成惊世奇观。有诗为证：大罗名山可别幽，罗列峰峦耸翠楼。滩中有声成锣队，风来无度阻江流。

登临福平包，春山浮烟云。龙脊梯田盘锦群峰，空明宇内，闻达四方。一丘丘，一坵坵，一层层，一岭岭，如雪练，际天连云。晨起腾蛟龙，晚秋逐金波，瑞雪卷银龙。远古的刀耕火种，袅袅炊烟，演绎为今日的农耕文明，旅游旺相之乡。他们用辣椒，用水酒，用锄头，用镰刀，用剪子，用辛劳，挑灯夜织。孕育文化，孕育生命内涵与旺相生机。而那铺垫于天地间的，一级级穿云破雾，仿佛青龙一般盘溪过坳，行村过寨，勾连着瑶乡、

壮寨脉络的石板路，在你中有我，我中有你的演奏曲中，张扬其壮、瑶血肉相连的纽带，提振民族协作的精神境界。

而在苗岭，犹如苍龙一般的座座山梁上，苗笛清音，吹散了生命的阴霾。太阳与他们相伴，星月与他们比邻，松风与他们为宾，山泉为他们飞送生命的神莺。他们种植下竹林、松杉，种下

油茶，种植下清晨与傍晚的炊烟，种植下高粱、稻子、玉米，种下大片的厚壳树，种下日子的欢乐，种下吊脚木楼里咿呀学语的纺车歌嗓。满室飘香的油茶，乐坏了暮归的男人。山排排上，满枝满冠的香梨，因此笑弯了腰。

在汉民族的字典里，书写着几个大字，坚韧、磨砺、岁月、烟尘。欢呼的生命意识，把日子写进风雨里，把汗水写进土壤里，把春光写进夏日的记忆，把秋收写进冬日的收藏，把风霜写在脸颊上，把果实写在餐席上，把音乐写给嫩芽的故乡，把鲜活跃动的生命脉息写给父亲一样雄浑的大山。

山是天地格局，山是人的胸襟，民族的脊梁。洋洋大观的龙胜雄魂山川，酿造出更为浓郁芳香、光艳无华的古朴风韵。

龙脊魂

　　初识龙脊，是在二十多年前，我与两位朋友身背相机，到龙脊几个自然村去拍照。那是全国第一次身份证件照相。从县城出发，至和平金竹寨下车，过了一座木桥，到达彼岸，徒步攀登龙脊。那是一条令人望而却步的、直通天庭的山路。山路弯弯曲曲，一级级的石级路，扭着蛇一般的身子往上攀爬。翻山，越岭，穿峰，过寨。一村一寨，一家一户照去。照完龙脊，上平安，照了

平安，去中陆，然后是余家，下步，再然后是金坑，小寨，每天都在云里雾里穿行，一身泥泞，一身臭汗……

　　说到龙脊，自然而然地会把新陆、柳田、金坑与贫穷二字相提并论。人们只知道龙脊穷，只知道龙脊山高路遥，而不知道龙脊梯田的壮美。多年后，因某位不速之客的闯入，因此揭开龙脊美的面纱，龙脊始而名噪于世。

　　龙脊是一座与天齐眉、顶天立地的山，连绵数十公里，纵横捭阖。其势恢宏、磅礴、气象万千，动则如金龙展翅。所谓龙脊，当为龙的脊梁。矗立于龙脊巅峰，纵观龙脊梯田阵营，恢宏中透出旖旎，俊秀中透出潇洒遒劲；安逸中透出激荡与飞扬；腾

挪中透出流畅与旋律动感。际天而来的一层层梯田，沿山脊列成阵势，蜿蜒曲折而下，随四时季候更替，幻化为四色之龙。春为银龙、夏天为青龙、秋为金龙、冬为白龙……我怀疑，盘桓于龙脊上的田埂，是否为龙子龙孙？

在龙脊，春忙、夏种、秋收、冬藏是为龙脊主题曲；而吊脚木楼、石板路、凉亭、水酒、山歌、蓝天、白云、山雾，壮、瑶民族的好客精神，构成龙脊交相辉映的人文景观。

时值春耕，龙脊山岭、田地间，到处闪烁着劳作者的身影。一对夫妇正在耕作。男人肩上套着犁绳，背上负着犁铧，太阳高照，豆大的汗珠从男人的脊背上滚滚而出，由于使劲过度，男人脸上的肌肉缩成一团。女人也不轻松，前襟后背全被汗水湿透。这是龙脊人精神的凸显，灵魂的凸显。

红云自空中飘过

俗话说，一年之计在于春，一日之计在于晨。在阳雀的叫唤声里，农夫们清早起床，犁田、耙田、铲田基、撒秧、种植。这是生命的节奏韵律，生命的维系之力。

这是在五月，红云飘过来了，一朵朵，一弯弯，一岭岭……它们从遥远的天际走来，从春潮声里走来，送来了飘过梯田的吉祥。

在龙脊，每年有很多的节，比如清明祭祖、四月八吃糯饭、五月端午包粽粑、六月六晒衣，还有十月稻谷收割。一节一庆，一庆十歌。浓浓的乡情，浓浓的乡音，山山汇唱，水水相酬……

欢乐的田野

　　夏日的龙脊，充满音乐韵律。如诗的田园，耕种的奏鸣曲在田埂上奔跑。

　　这是个多情的季节。

　　雨多情，雾多情，山多情，水多情。

　　夏日飞歌，化为朵朵红云，在七星伴月上飘逸。

读龙脊

　　龙脊是一座山的名字，严格地说，她不是一座孤独的山，而是由许多山脊组成的集合群体。龙脊的山势像巨蟒，像飞龙，纵横盘桓二十余公里。一道道隆伏着的山体，变换着各种姿势，沿峰脊蜿蜒奔涌而下。聪明的古农人发现此间奥妙，遂用锄头、镰刀、铁锹、铁铲，于此开掘出大面积连峰去岭，一页叠一页，蔚为壮观，不仅供自身，更是为供养子孙后代的梯田。可我怎么看，它也不仅仅是梯田，而更像也更应当是一部书……

一

这是 2000 年 8 月，在广西桂林龙胜县龙脊梯田的腰峰。我看到了你——云横霞岭，俯仰宏阔，接壤于天的龙脊梯田的大气！我看到了你——雄浑、壮美、悠远、深邃，层层叠叠如书浪，你这大自然骄子的杰作，你是一部恒久不朽的书籍！

我带着景仰，带着思慕，带着燃烧似火的焦渴，带着登泰山而小天下的心魄，走进你绚丽而气势磅礴的书的扉页间。我以狂夫的饿态，读你生命的意识；读你鬼斧神工的造化；读你浩瀚如大海的才思；读你无限丰富的思想内涵；读你"明月出天山，苍茫云海间"的波澜壮阔；读你"造化钟神秀，阴阳割昏晓"的伟岸沉雄；读你永无休止的振荡的音符。在你心灵的深处，我读着你滚滚翻动的热流；在你宽厚的胸脯上，我读着你稻海里亿万株粒粒灿若金光的文字。这便是你这部著作的灵魂！是你生命火焰的灿烂！我感到一种巨大的喜悦，一种全身心的震颤，感到激越的血液在体内往复冲突，奔涌，神思飘逸，荡气回肠；我感到你凝重彪悍的启迪力、陶冶力、感召力；感到你生命的巨大意义的激奋与昂扬；感到身子在飞跃、在变异、在膨胀，心胸在扩展，目光在无限地延伸，耳边响起际天而来的美妙悦耳的音乐声……

在那遥远的四百年前的历史纵深处，我看到了你迈着巨人般的步伐，铿锵地从东南方走来，于此万带群山之仞，亮出你刚毅清癯的脸庞，亮出你高大威猛的英姿，闪出你灿若星辰的凝眸；

你髯须飘飘，长袖舒卷，你以艺术家的智慧眼光，以喷薄而出的才气与力量，纵横捭阖，吼声如雷；以"力拔山兮气盖世"的英雄气概，平畴荆莽危峰，将重峦叠嶂，斫折、开辟为一张张，一页页势与天齐的无比浩繁的书页！

远远望去，你既是一部书，又是一幅铺陈于天地间的，吞云吐雾，风从龙生的山水画卷；近看，你又像是一架古琴，动感鲜明，流转有致的条条田埂是你绷紧的琴弦；而那嵌于琴键上的蔸蔸稻禾则是你的曲谱，流水咚咚在你琴键上跳荡；再近一些，你书的影像则更加清晰，凸现在眼前的，有龙形、有虎像、似凤翼、犹扇扑，章章节节，镂饰精巧，面面页页，典雅庄重。

二

我已闻到了你书籍的芳香。

打开书页，古朴文风扑面而来，一项项的内容都是由石块、泥巴、锄头、铁锹、镰刀、火苗和种子这样的象形文字组成：赤、橙、黄、绿、青、蓝、紫，变幻无穷的七色方块字在你书页中往复跳跃，因时而动，应序而生……

油菜花开了，甜瓜、玉米、大豆、稻谷熟了；蜜蜂、蝴蝶嘤嘤嗡嗡，夜莺在枝头艳唱；田猪、山羊、野兔、狐狸从你书页爬过；耕夫，农荷击节而歌，热闹哄哄……

这就是你宏大特殊的写作、叙事方式，执领出高远的艺术臻境：你永无停顿地写着生命，写着种子，写着雨露阳光，写着春种秋收！你将你的心写进去，将血汗、泪水写进去，将光阴岁序、青春恋情写进去，将欢乐、痛苦、理想信念写进去！在你把自己写进书里的同时，又将整个的生命回归于自然。

你是一部隐含阵阵风雷之声，博大精深，亘古旷世的奇书，充满着无穷的智慧与遐想。你的雄浑的魅力，已超越民族，超越国界，在五洲内回响。因为你的名字叫龙脊，所以，龙脊梯田这部伟大作品的名字，也就是你书的名字！

三

　　踏着心浪，踏着你美妙动听的琴韵书声，遨游你书的领海。吸吮，再吸吮！咀嚼，再咀嚼！在你书海的碧波中，我体验到一种韵律，一种情致，体验到无比的惬意、幸福与快感；体验到从未有过的神清气爽！体验到从你身上而来的，一股股延绵不绝的神奇的力量在叩击心扉！体验和领略到你无限风光的豪气！你的粒粒颗颗沁人心脾的文字，化为一缕缕春风，不断地切入我的肌肤骨髓，输入我的脉络血液；不断地在我脑海里凸动、醒智、演化、催生……

　　但我依然解读不透你书籍的深邃奇奥，我无法参透你的博大精深。有人从你身上读到九龙戏水；有人从你身上读到五虎抬头；还有人从你身上读到七星伴月，秋积金字塔……而我更多的是读到了文化，读到文化的内涵：你集广博、大气、生命、建筑、雕塑、音乐、宗教、绘画为一体，并赋予其独特的文化意蕴，体现你奇绝超妙的写作手段。

　　中华上空文星璀璨，自古而来的诗经、楚辞、汉赋、唐诗、宋词、元曲，其才情睿智，滔滔掩卷。诗人，文豪们展纸为大地，垒叠一座座文翰高峰；而你，却是山川当纸，锄镐为笔，挥毫泼墨，直抒胸臆，描摹一道雄居，浩大如万里长城的亮丽的风景线。同样其博大，同样其宏伟，同样其宛若蛟龙，同样其引汗为墨，同样其写就万古洪荒，化血肉为基石！所不同者，写作万里长城是国家行为；写作龙脊梯田，凭借的完全是你自己的力量！

四

啊！龙脊，你的凸起，你的雄峙，这不是你壮、瑶民族的脊梁吗？这不是中华龙人的雄魂的象征吗？

你向世人展示的不仅仅是你的悠远、深邃、巍巍奇观；不仅仅是你的睿智与旷达，不仅仅是你勃勃的青春气息，更在于你的认识和审美价值。俯仰之间便让人比照出你的崇高，让人于冥想中对现实与历史空间的广阔回眸。让人在欣赏、审美的同时，审视到自身的心态情操，审视到自身的精神境界，审视到自身的豁达与卑微，让美越显其美！你的自我更新，孕育，自我调节，你的四时八序，休、养、生、息，你的一年一度的新绿，一年一度的金黄灿烂，都是为着更迭新生的抱负与理想。你休，是为着养；养，是为着生；生，是为着旺相；息，是为着蓄势。循环往复，无限繁衍。你在保障饥餐美腹之需的同时，更具一派圣洁崇高的精神享受。这是你双重品格的伟大体现和超越。你将生与死、枯与荣、兴盛与衰败、晦暗与昌明，赋予灵状，息隐不灭，周而复始，鼓畅生机。

五

现在我已来到了你——龙脊梯田的巅峰。敞开胸襟，接纳你八面来风，再一次阅读你的博大，阅读你百炼如虹的神采，呼吸

你海潮般的稻浪香风，再一次体验你海洋的情怀。

我贪婪地读着你的年华，读着你扉页上的雨露、阳光、清风皓月。读着暮雨朝烟、山岚晓雾、鸟语花香、酷暑严冬，阳春白雪。读着你手捧的朵朵鲜花，读你淙淙心泉的浪，读你的牧野村歌，读你蒸腾而出的精醇洌酿。读镶嵌于你檐下结滚结翻的八月糖梨，读你浓浓的乡情，读你丰收的陶醉，读你延伸向云端而去的石板小路，读你书页上所活跃着的一切的生命之曲……

你使我明白这样一条恒久不灭的哲理：这就是你的包容性，你的永无休止的自我调节、自我更新孕育的功能。你熔知识、智慧、理想、信念、生命之果为一炉；纳山水形胜、浩然大气、民风民俗、民情民愿，兼收并蓄，构成你的无边的恢宏与壮美，构成你包罗万象的巨大情怀！龙脊梯田，你是一部永远活着的书，一部永远活蹦乱跳的文字。无论过去，现在及未来……

只要有天在，就会有你的存在；只要有地在，就会有你的存在；只要有人在，就会有你的存在，你将与天、地、人共辉煌！

古龙脊焰火，龙脊今夜不眠

　　遥远高耸的龙脊七月之夜，蝉鸣声在村庄的屋脊和树上歌唱，农夫们也不甘寂寞，他们把成千上万把火把点燃在弯曲的田埂上，点燃在山山岭岭之间，为村庄守夜，为远方的客人献上一个欢乐的不眠之夜。这既是好客之礼，也是心的祝福。祝福长夜共享，祝福美好的夏夜流莺。

龙脊仙雾

这里叫龙脊。

在极尽壮观的大山里，隐居着壮族和瑶族山寨。她们的建筑是清一色的山寨木楼。山寨里，洋溢着浓浓的乡土民情：比如山寨里盘桓穿行的石板路，比如一座座鳞次栉比的吊脚木楼，比如甘香四溢的龙脊水酒，比如发音悦耳、清脆动听的软语声调和古朴民风等。

　　龙脊以虎踞龙盘著称，以梯田线条流畅，层峦起伏，恢宏大气闻名遐迩。

　　龙脊还是雾气乐于聚集的地方。

　　哪个地方没有雾气呢？雾气什么地方都有。然而，龙脊的雾气，不同于其他地方的雾气。举目望去，众多劲势如飞的山体，被郁郁葱葱的林木和其他绿荫植被覆盖得严严实实。浓荫植被是大地的肺叶和氧气制造工厂，是土地肌肤的保护神。大地制造了清新空气和氧气，在它把美好气息供给人类的同时，自身也需要这些美好气息的反哺。这样，就有了大地肌体的更为繁茂。有了大地的纯净与繁茂，才能演绎出更加旺盛的勃勃生机。

　　……

　　龙脊的雾气多姿多彩，变幻无穷。

　　雾有春雾、夏雾、秋雾、冬雾。

　　春雾散漫，夏雾活跃，秋雾多姿明净，冬雾凝重如霜。冬季的雾，多为沉塘雾。所谓沉塘雾，即雾气有凝固感。而春、夏、秋三季的雾，则多出现在雨后。雨后出现的雾，多为飞翔灵动的态势。

　　天气恶劣时出现的雾气，有时像飞龙，有时像奔马，有时像猛虎，有时像龙卷风，吞云吐雾，一路高歌。

　　天气温和时出现的雾气，有时像柔丝，有时像云朵，有时像飞絮，有时像飘带，有时则幻化成一领领青衫，这些如柔丝的雾气，会让你有被抚摸的感觉。你能感觉它在你的耳旁轻轻地向你叙说。你甚至感觉自己被融化。

　　雾气上来了，一缕缕，一袭袭，一阵阵的，从山下呼啸奔腾的河谷中，或那十条百条的山涧之中，随风飞扬，袅袅婷婷升腾而起，往峰岭上赶来。

这些缓慢升腾的雾气，在壮阔的田野和山寨中缓慢地滑行。它们行走在田头地脚间，行走在山寨中的石板路面，行走进每家每户的炕头院落。她们抚摸和温柔体贴着每一个人，不管你是老人或是嗷嗷待哺的婴儿，也不管动物或是植物。这时候，雾气成了山寨的亲吻者，成了山寨和梯田最为亲切的恋人。它们极尽妖娆妩媚之姿，轻盈、潇洒、自如和曼妙，使得山寨有如临仙境的美妙感觉。

有时候，因为大气的原因，雾气整天整夜笼罩着这片天地，雾气特别浓密的时候，几步之外看不清人影。此种现象，有时可以持续三到五天，有时甚至更长。

这些处在恒温状态下久久不肯散去的雾气，不仅会影响视线，还会使人胸闷烦躁。然而，它却孕育着某种不可预知的幻境和想象空间。事实是，这时候的雾气，正在实施它润物细无声的浸润之功。雾气是知道感恩的，因了它的浸润，大地感觉自己更年轻漂亮了，山寨也仿佛被神露洗浴一番。

气温开始变化，雾气开始消散了。

突然间，浓厚的雾气不知被何处吹来的风拉开一道口子，这时的山寨和梯田，有时像装在如梦的船里，有时则变成仙岛，有时又像是一位蒙衫丽人。柔丝般的雾气，则像一位浓妆淡抹的女子，半含羞涩，半遮颜面，伫立在山的怀抱，亲切地抚摸着山寨。

这时的你，会因为仙境的骤然出现而欣喜若狂。你会随雾气的开合而开合，随雾气的聚散而聚散，随雾气的飞升而飞升，随雾气的快速流动而流动，随雾气的欢腾而欢腾。雾气是快乐的，梯田是快乐的，山寨是快乐的，你也是快乐的。

这时，山，成了多情的山；雾，成了多情的雾；山寨，成了多情的山寨；人呢，只怕也成了多情的人了。

雾气越升越高，它就要离开人间而去了，它要远上它的天庭去了。在它散去的时候，你能感觉它的恋恋不舍。它越升越高，越升越远，你会觉得你的境界与它一同升高，甚至会感觉心被捎带到了天上。

谁说龙脊的雾气仅仅是雾气，而非仙雾？谁说龙脊雾气传递的仅仅是一种朦胧的美和爱抚，而不是一种纯净的精神境界和向上的精神呢？

吞云吐雾

　　拍龙脊雾，最好的时间段是在五月底至六月中旬，下过几场大雨，天突然转晴。缺少水源的龙脊，经历一季春雨，山体吃饱了水分，田野有了水的来源。农夫乘时耙好了田，扶好田基，田面光亮如镜，线条柔美，千变万化。这时段，大气层温度高。与此同时，仍然处在低位运行的大山间地心温度，和大气层温度正好形成反差，以致出现这般吞云吐雾的涌潮景观。

　　拍摄是件快乐之事，观潮是件快乐之事，身与天地相接，心与景相连……

人生何处觅仙乡

上龙脊拍雾，是摄影人的一件快事。假如预测准了，惊喜一个接着一个。尤其是在雨后，雾总以始料不及的步态出现。它们或缥缥缈缈，如仙似幻；有时似流云，有时似潮涌，变幻莫测，姿态万千。

龙脊的雾，似乎特别钟爱造访人家。仿佛人家也是它们的家。它们喜爱在梯田上行走，仿佛梯田是它们的家。因为它们对于这片土地的爱，带出山川的别样姿容，带出人生的快乐，更带出农舍仙乡的美丽。

瑶家的天空

　　每年农历六月初六，是瑶家晒衣节。这天，无数游客拥向龙胜县金坑梯田。

　　这天，瑶族妇女会把亲手编织的衣裙拿到梁上让太阳晾晒。太阳还能驱邪祛毒，任何阴暗物，只要太阳一晒，绝难找到藏身之处。

　　这一天，瑶乡的天空是红伞的天空，红色象征着吉祥。瑶家妇女还会好好地把头洗涤干净，穿着簇新衣裙，红伞罩顶，面带微笑，绕着梯田和村庄画圈。一圈一日，十圈一年，月月吉庆，岁岁安康。

地灵百家宴

　　龙胜地灵是一个以糯米出名的地方，四面高山，底部拓出一小块盆地，盆地中央隆起一座矮峰，村中人家大部分住在矮峰上。盆地间稻野连畴，清流婉转流过村前。村前又有数棵参天古木，古木下有风雨桥，横溪而卧。村中好几处分布有水井。水井是侗族饮水的一种特殊文化现象。到处是石板小路，它们像闪着

银一般连着各家各户。然后绕出村子，上山、下地、进田、出村，去县。

每年的 6 月 24 日，是地灵的百家宴节庆。这天的地灵，彩旗飘飘，歌舞相庆。

所谓百家宴，即是由百家人所做的饭菜，以及家酿米酒、蒸糯米饭、泡谷雨茶、酸猪肉、酸鸭子、酸鱼、酸笋、酸蕨菜等，然后拿到风雨桥下的宴席上去，摆放整齐，四面八方前来的宾客齐聚。百家宴，百家饭，百家口味。吃得丰富，吃得旷达，吃得豪兴。千人笑脸，祝酒颂平安，五谷唱丰登。

红枫掩映的村庄

骑车出龙胜县城大约 20 分钟，即到达都坪村。

村子临水而居，山意情浓。桑江，平野河在此交汇。山村如画，河道湾湾。阡陌纵横，富庶人家。草坡上十数株古枫树迎风伫立。

不知何时开始，繁忙的田野，卸掉耕耘的担子，改种眼前这道红枫林。农耕思想，插上了艺术翅膀。

红枫林一般二月底抽芽，三月叶正红。抬眼望去，佳境正逢时，枫景掩村庄。

佛光天镜之境

　　富于传奇色彩的彭祖坪上，有一种通身挺拔、直贯云天、周身散发出英雄灵性的树——铁杉。在别的地方她也许并不少见，然而，她确确实实是一种极不寻常的栋梁之树。仅一个铁字，便叫人心里敞亮，让一颗久久沉寂的心鼓点般咚咚擂响，让人联想到硬朗、铮铮铁骨、不屈不挠的硬汉子气度……让人感到生存之机是如此的具有诱惑力量。

铁杉高大、坚挺、粗犷、圆浑。从表征上看，有些像杉树，但质地不同，坚韧度不同，内在或外在皆不同，仿佛陈毅元帅描述松树所说的："大雪压青松，青松挺且直。"然则，更多了份青松所不具备的人的气质神韵。

铁杉皮肤细薄，略带灰褐色，表皮间许多细小纹理，涓涓水流似自上而下游移于体。叶片比杉木叶细小，修长，无刺，光滑圆润，呈流线形状，青幽幽的，给人以赏心悦目的感觉。

铁杉根基稳扎，坚实，虬龙似根须植入崖缝，左盘右绕，似龙行虎步，展示出一派无限威猛生机。铁杉从它强劲有力的体魄中将一只只巨人般手臂伸出，展望似漫向空中，向身外的云雾海洋中探去。

在彭祖坪，云海、雾海是长存于这派山水中的一脉独特的生命景观，构成铁杉所需的精神营养与生命形态养素，构成铁杉独享的生命韵律。铁杉探出的每一细小枝丫，仿如钢琴演奏家灵动自如的五指，伸向生活空间领域，抓住每一份有利于自身环节，每一份可能的养分，弹奏出一曲曲美妙生活颤音，其本身又是一幅活脱脱的耀人风景。铁杉虽魁梧高大，却谦恭有加，绝不张扬傲物，处处流露出一股男子汉刚强气概，却不失快活禀性，不像一些个伏于脚下，骨瘦如柴，形体猥琐，却偏偏拿腔拿调的蛤蟆树那样，狐假虎威地吆喝那些比它更矮小的同类。

我伫立于铁杉下，感到头顶上浓荫巨伞的力量，以及那派凌空壮骨的美，让人感到世界是如此阴凉，可傍可依，让人领略体验到她的体温与宽大胸怀。

我依护着铁杉，抚摸她的肌肤，凝神仰视正值旺盛生命力时期的物种，感受它体内激越奔涌的内息与血的流速，触摸到一股

温润的古道热肠。

铁杉是情感树，是真真正正的与人类有着异曲同工之妙的生命情感场。粗看起来，铁杉的家族婚姻观念似比人类来得稍许粗糙些，也呆滞些，然而，事实却更具忠诚效果。铁杉珍爱自己的家，珍爱家庭中每一位老少成员，携儿带女，尊老抚幼，一家大小数十余口，均由长辈掌管。最为强壮者，极似族人领袖，狮虎般守候在家族外围。为此，我感到一阵巨大的震颤与喜悦。我很想大声直呼，说你好哇，没想到突闻一阵紧锣密鼓般声响传来，一处骤然向外划开的巨大半圆弧圈展现眼前，弧圈外危峰耸立，断壁残垣。同行中有试图引身俯瞰者，不觉毛发陡竖，如坠万丈深渊。原来，铁杉生存地竟如此险峻。

李白诗云："噫吁嚱，危乎高哉，蜀道之难，难于上青天……连峰去天不盈尺，枯松倒挂倚绝壁。飞湍瀑流争喧豗，砯崖转石万壑雷……"

为领略早已如雷贯耳的铁杉风采，癸未初夏，我教育部门数人，在绝没有想到老天会突然变脸的早上出发了。淅淅沥沥的雨点声由小及大，继而哗哗啦啦劈头盖脸砸下。

这是典型的南方气候，喜怒无常，没有丝毫商榷余地，想来即来，想去即去。来时，如猛虎下山；去时，如女子离怀。什么时候震怒完了，暴跳累了，什么时候撑开笑颜。然而这样的笑脸对于今天的行程者们来说遥遥无可预期。

登山的人行，在刚刚开凿出来的、望峰盘旋、漫道泥泞的机耕道上蜗牛般缓缓爬。由龙家往上，更加路不成路，一道小径作蛇行状，扭曲于万壑山中。手中的雨伞，被路边乱蓬蓬的芭茅草、金刚刺撕扯得哇哇怪叫、心理受到了极大阻碍。

我想起了黄山，当年爬黄山时路途虽遥，但觉级级坚硬，不愁滑倒；而登彭祖坪，不啻身裹泥泞，每上一道坎，翻越一道梁，跨一线侧峰，大多时候不得不手足并用。雨滴、水渍、泥泞混于一体，人焉猴焉？相互对视，不禁捧腹发笑。纵然如此，亦不曾减弱我等登临者豪气。

山里人生于山，长于山，自从娘肚子坠地，蹒跚学步那一刻起，首先遇到的就是爬山⋯⋯

脚下的路一寸寸缩短，心中涌出的气浪亦如扶摇直上的群峰，一峰覆过一峰。气团着身，身绕着气，重重相绕，环环相扣。雨雾、汗雾、山脊弥漫之雾，滚火球般混作一团，破岭而出。回首来路，万峰已然踩于脚下。

时，大雾顿然乍开，云散雨霁，山与天齐，风光在眉。正是"无限风光在险峰。"

我等已踏入了一片天境之地，眼底、回峰、翠谷、田园、小径、飞瀑、人家，诸般景致纷至沓来。

这就是我等立身处所吗？

这就是彭祖坪吗？

这就是小名叫猴子岭的铁杉驻地吗？退一步尚可自守，进一步必万劫不复。然，英武魁梧的铁杉凌虚御风，处变不惊。但闻噗噗水声如空坠落，莫知来径。名为猴子岭，猴敢攀缘吗？

古人云，良禽择木而栖。良木又何尝不是择地、择势而居？

我倒有些相信，这地是块仙地，物亦为神物了。

华夏是个崇尚清修的国度。大凡高僧大儒必多居危崖、峭壁之间。松风皓月，借以虚怀。风谷水声，借以明志。其寓象，实为一种独特的文化景观与文化现象。古往今来，这些带有某种

神秘意味的世外高人，或为躲避世乱，或为修行，无不往深山野岭跑。我不禁想问，世物与人，志趣是否一脉相连？比如说昆仑灵芝，祁连山雪莲，比如黄山松，又比如桂林花坪林区活化石银杉，无一不深锁幽谷，人迹罕至之境。

奇山，奇水，竞争奇人；奇事，奇物，竞秀奇境。

这些奇人奇物，必坐怀不乱，凝神定息，潜心苦修。与天地日月分享清流，山风，雨雾，追求永恒与质朴，以求羽化而登仙。

难道铁杉就是这样的世外高人？

此时，舒缦于猴子岭上的重雾，处于欲散未散之间。未尽乳雾将林野山峰裹了，或露一颗头颅，或露一双眼睛，欲藏反露，半遮半掩，半娇半嗔。此时，留存于心的只有触觉。用心灵去触

觉这世界生命物体心律的搏动。

不觉间，深涧中一阵十分劲道的山风袭来，披散于铁杉身头的轻纱帷幕拉开了，铁杉对岸晃出一挂飞瀑，远看就像王母娘娘凌空抛出的一匹雪练。那雪练从蓝天里灿然滑落，坠入深谷，激起阵阵惊心震撼。适才间，我等听到的紧锣密鼓声即来源于此。它使得我不自然地联想到美国尼亚加拉大瀑布，联想到贵州黄果树瀑布，花坪林区红滩瀑布……眼前之瀑，恢宏之势虽不及上列瀑布，其玲珑剔透，金莹玉宛，飞流落差则远胜其上。

瀑叫相思瀑。因其蕴藏无限玄机幻象，被冠以"佛光天镜"瀑，它还连着一段关于寿星老人的非常佳话。

传说年逾八百的寿星彭祖老人，年轻时云游四海，遍访名山大川，来到此处，发现谷幽人美，草丰木郁，便在此延宕着迟迟不肯离去。后来，与居在此山的一户人家女儿一见钟情，两情相悦，誓作比翼，以共白头。

没想到女儿家父母挥舞棍棒，横刀断路，不允其来往。其缘由，不仅因为彭祖形貌怪异，行止乖张，高颧骨，深眼窝，红鼻头，双耳拖肩，更因其来路不明，身上穷得叮当响，怎么看，怎么不顺眼。那户人家执意将女儿许配给山外一大户人家。很快大户人家便将聘礼送上门来，并择日前来迎亲。女儿不从，万般无奈之际，与彭祖跑到山前绝壁处抱头痛哭。

时值阴云密布，电光火闪，风雷大作，瓢泼大雨当头倾倒。雨水、泪水、溪水汇成一股洪峰，破壁决口，洪峰惊雷般凌空而下。这番恢宏景观的出现，连两个年轻人自己都惊愕了，他们不住反问，怎会这样？我们岂不成了仙了？

太阳出来了，夺目的金光射线，与瀑布中升腾而起的水幕交

相辉映，幻化出一道道七彩光环，这就是后来被人们称道的"佛光天镜"。当时的那圈圈光环，冉冉上升，将两个年轻人团绕，为他们的长寿做浸润之功。

此番"佛光天镜"的出现，不仅让女儿父母惊讶万分，同时也感化了他们。于是连忙退掉大户人家的聘礼，嘉许了这一对年轻人的婚事。两个年轻人拥抱狂欢。彭祖将随身携带的铁杉种子，一把撒向飞瀑岸头光秃秃的猴子岭上。

彭祖景仰铁杉，他认为，在铁杉身上有他最为崇敬的风骨，足以寄托自身的夙愿理想。彭祖抛撒铁杉种子时留话，说这铁杉性格坚韧，情感丰富，习人性，最终将给此地带来福音。听者半信半疑，或干脆以为化诈之言。今日果然有了应验。据可靠消息，彭祖坪将很快开发，一下子迎来世界各种肤色人等纷繁面影，到那时，铁杉将作何感想？

如果彭祖老人英灵有知，定当欣慰！

因为彭祖坪是以他的名字命名的。铁杉身上依然有他一份深切牵挂。相思瀑依然飞流不断，轰鸣声依然震古烁今。从相思瀑底升腾炫耀的佛光圈将铁杉笼罩，让铁杉沐浴无尽阴阳灵性之气。

有关彭祖传说遗址，有现居于彭祖坪上的李姓人家屋后峰脊上的彭祖坟，有猴子岭上一对抵足比肩、相亲相爱的铸石、有至今不为山外经济大潮冲击所影响、依然定居于此的李姓两户人家旧房址。

那李姓人家自认为与铁杉有缘，与铁杉关系很铁，此情形极似人间挚友、兄弟。挚友喜欢把好兄弟称铁哥们，某某和我很铁。李姓人家和铁杉似血脉连宗，千百年相邻不伤毫发。事实上，李姓人家如今是彭祖坪自然保护区护林员。他们深恐有人对铁杉不利。因为有人对铁杉作了估价，说每棵铁杉值9万余元。用9万元等同铁杉身价，是想将其买走，或是别有他图？无论何意，都让人难以容忍。这样人间奇珍岂是用钱衡量的？是用钱可以随意买卖的吗？人类的悲剧悲就悲在不知珍惜自然，不识相谐自然，什么都以金钱概论。开口闭口一个钱字，殊不知自然实难再造。金银有价，自然奇珍无价，李姓人家能让其得逞吗？理所当然，他们成了铁杉的守护神。

我等现在便要赶赴那李姓人家。

前去路上，必要翻过数座矮峰，穿越亦真亦幻一片林地。路边有水杉、银鹤树、银锦杜鹃、桫椤、红花木莲、福建柏、五针松等一片奇物世界……

轻纱乳雾又舒漫上来了。

但恨云烟遮望眼。同行中人忙伸手去拂拢那雾。又哪里拂拢得住，或拂拢得开？

然，竟至拂拢开了，举目望去，峰峰相缠，水水相绕的雄浑山势止于山畔，止于溪畔，止于田畔，缩浓于人家。数峰抱合中晃出一脉幽蓝，那是大山奔势带出的巴掌大的一小片田畴之地。

好一派农舍风光。

白居易诗云："人间四月芳菲尽，山寺桃花始盛开。"彭祖坪的旖旎、青秀尽在这与铁杉比邻而居的夏日李姓人家四周显现。草堰里、灌木丛中、回廊下遍野花海。微黄中略带玫瑰色的，呈喇叭口状的银锦杜鹃植入田首，还有那些个蓝心藤、指甲花，以及鲜红如血的映山红，不仅把山开艳了，把田舍、农家开艳了，更把人心开成一派灿烂。不由你不张开体肤中每一毛细血管去吸纳、去领受大自然的无上恩赐。

再略近些，复听见了潺潺水声，这是相思瀑上游。清澈晶莹的溪流环山绕转，溪流上有座小木桥，走过小木桥就到达了彼岸人家。这不正是马致远"小桥流水人家"的写意吗？这不着意的造境，如歌般清纯，如歌般嘹亮，如歌般幽远绵扬，简直就是一幅活的山村水墨画境。古人诗云："积雨空林烟火迟，蒸藜炊黍饷东菑。漠漠水田飞白鹭，阴阴夏木啭黄鹂……"

一切俱恍如远古，一切依然如故地保持着远古般的古朴宁静，拥有少女般的纯洁无瑕，终年清流浸泡的水田清清亮亮躺在门前。白鹭在空中低旋；鸭群在田间里戏游；母鸡带着小鸡在屋后草丛中咕咕觅食；大猪小猪在栏里哎哎尖叫，想必是呼唤主人该喂它们潲了。而那条伏在楼门口的黄色狗儿，首先替代它的主人对客人的到来表示摇头摆尾礼节。

主人风儿似的迎出来了。

两李姓人家俱为苗族，但仅从衣着上看，已很难判定他们的民族了。今天，他们已很少家织那种黑底麻纱、镶嵌红白饰纹花边的本民族服装了，那是他们的民族符号。他们宁愿花钱买，大众服装比家织来得更为快捷利索，更为实惠。

这不免有些可惜。据我看，那确属一种好看的服饰，有着鲜活的民族标志，最能体现其民俗风范与民族状貌。我想他们今天的不织或少织，正因了世界普遍生活节奏的加快，使每一个人都难以有喘息之机，彭祖坪人当然也无法超乎其外。在现今的山外人家，日子稍许过得好点的，已购买私家轿车、高档音响，购买电脑办公，网上消费……

吃的也多了讲究，讲究饮食搭配。早晚喝一杯牛奶。渴了，困了，饮的是咖啡……而今天的彭祖坪人家，收入仍然那样微

薄，仍然还在为油盐柴米发愁。

一切俱因了条件的限制。

两户人家为什么离群索居，远离尘嚣，生活到这人迹罕至之地？是个难以解开的谜。

凭猜测，我认为极有可能是她们的祖上为避乱战火，躲避瘟疫及其他恶性疾病；又或李姓家庭人口过多，因财产纷争，兄弟间大打出手，弱势的一方一气之下离家出走到了此地；还可能受有财有势人家的欺诈，别无出路，于是，扯了床破被，抓了把谷种翻山越岭寻到了此处。除此而外，我还怀疑，李姓人家先辈是否属一代高人？是遭迫害的大画家、大思想家、大文学家，为避祸来此？传说中的寿星彭祖老人是否李姓人家先祖？可惜没有任何典籍予以佐证。当然，也可能因年代太过久远，一切的真迹俱已随岁月烟尘循迹得干干净净。但我还是要说，这李姓人家真好眼力，真好胆识、气魄。

李姓人家的房屋为典型的西南山区杉木楼房。柱头、梁木、屏风、楼板、屋面铺盖无一不取自杉木。令人大惑不解的是，整个的彭祖坪上，除却颇具威势的铁杉林及一些珍稀林外，余者尽皆矮小灌木，几乎见不着杉木踪影。房前屋后即或有那么一株两株瘦骨伶仃者，恐怕永远都是些长不高长不大的孩子。那么，这李姓人家究竟是从哪里弄来杉木建造房子的？

李姓房主人对我们的到来似乎早有预感，那位蹦蹦跳跳仿如仙蝶的小女孩的出门远迎就是明证。

及至进屋，主人连忙倒茶让座，笑容蜜汁般甜。我想这不仅是面目的甜蜜，更是心的甜蜜。从一双双眼眶里闪烁出的耀人火光，足以说明一切。

这是个好客的民族，居住条件却简陋到极致。房主人却将此掩于无形。不仅宰杀了鸡，割下炕头仅存的一小截腊肉，还隆重地捧出了家酿红薯酒。这是这个民族最隆重的待客厚礼。

山上太多湿气，他们必须借此壮体，松筋活络，驱逐风寒。我等一行饥肠辘辘者倒显得有些手足无措，不知如何表述心底那份情愫了。按常理说，鸡鸭酒肉，对今天的城里人来说，原再普通不过，只怕一顿也不会缺少，而在彭祖坪却极其稀罕。为吃一顿肉，必像小儿盼八月十五吃月饼一样。在彭祖坪，任何一点有价值的物品，比如一袋香菇，数只鸡鸭蛋，炕上的一小点腊肉，必拿到山外去卖，置换回衣物、鞋袜、食盐、犁铧，为儿女交学费，寻医问药……

老天爷公平吗？

公平！

也不公平！

这就不由人去思考造物主超妙用心。造物主在施给世间此物时，必夺去彼物；在奉送给你极度美景的同时，经受生命极限的考验便同时存在。山上拥有太多太多的惊世美景，拥有太多太多的清新空气，却要比山外人经受更多的风雪苦寒，经受更经常性、更沉重性的体能考验。

便说阳光能量的赐予，也比山外稀薄许多。让你于最急需时得不到足够热量，让你迟迟感觉不到春天脚步的来临。此刻的山外已是春暖融融，庄稼、作物油汪汪一片。而在彭祖坪上还没犁田耙田，溪水依然沁骨，土亦是贫瘠的冻土，让你种不好谷子，种不好蔬菜，种不好黄豆辣椒，种不好红薯芋头，种不好苞谷产籽，种不好几乎一切的农作物。让你在付出极大努力之后仍然收

效甚微；让你想与外界沟通，就必须走很远很远的路，爬很高很陡的坡，让你的有限的体能长时经受自然条件的无尽挑战。

人、物种俱在自然环境里生存，有相通之处，亦有不同之处。可比照，又不可比照。人比物种来得更难。人在土里刨食，物种也在土里吸食。人有生老病死，物种也有生老病死。人与物种的不同之处在于，人需要衣食住行，需要劳动，需要社会活动。物种大多依赖自然土地生存，生生死死相伴自然土地。人与

铁杉一样，在极度生存困境中，卓尔不群，像铁钉一样牢牢地钉在了这块土地上。代复一代，辈复一辈地延续下来，延续成自然人类社会历史，与自然共语，与山水同声。

我从他们饱经风霜，却其乐融融、自足自信，满面堆笑的脸上，弄明白了一个道理，人与物种俱有挑战自然环境的极度坚忍和坚韧性。其中的奥妙源于一个爱字。

爱自然，爱家人，爱异性，爱同类，爱生命，爱后裔，将生

命的意识注入爱的液流里，生生不息，代代繁衍。这便是一切的生命之机的隐秘。

因了这样的爱，我的思绪复回到铁杉林中，那是我等离开时看到的一对死去的铁杉。那对铁杉死了，却仍然站着！无情的岁月霜刀不仅剥尽了皮，更镂蚀入心，但铁杉依然挺立！依然铁骨铮铮！这哪能叫死？！

从它们相互对视的迷蒙执着的眼神中，仍可感触到它们心脏的跳动！此况，此等状况，在悬崖外又发现了一对！

生，生一对。死，死一双。我怀疑这铁杉是不是夫妻树？回家查资料，猜测果然没错，它们果然是公母关系，是夫妻树。妻子死了丈夫绝不活着；而丈夫死了，妻子也绝不苟延于性命。

是什么力量支撑着铁杉，使铁杉在燃尽生命里最后一滴灯油依然伫立不倒？大自然中，谁有这般超越生命极限的坚韧意志力量？如此地表现出对土地、对生命的依恋？

尽管自然界如此神机莫测，我依然试图从死去的铁杉外表透视入核。我看到这死去的树至少上百年了。树亦如人，诱发它生命体的那个核，就是它年轮圈的起始。那既是它生命的起始圈，同时也是它生命的动力圈，是生命的爆发力圈。每增一岁，弧圈就会自内而外增大一轮。靠了内力的推动，逐岁往外扩张，所需推动力越大。如同风暴旋涡一样，沿着核心之路迂回运动，无数个圈的不断扩充，最终完成树龄的增长，直至生命的成熟，萎缩终结，新的生命再复从零开始。想想这场生命力的运动是一幅多么壮观的场景啊！

水韵琴声

　　广西猫儿山海拔两千米，为华南第一高峰。抗日战争时期，一架援华抗日飞虎队飞机不幸在此坠落，美国本土曾多次派人前往搜寻遗骸，得当地百姓相助，后来终有所归，成为一段佳话。

　　猫儿山高而清秀，博大雄浑，万云朝拥，气势圆润。每逢酷

暑难耐之秋夏，上山小住十天，可谓山风理肤，清流爽肌。让你体验一种神境感觉。

猫儿山四季雨量充沛，森林覆盖达百分之百，毛竹丰茂，满山遍野。山以竹为魂，民以竹为生。因其特殊地理条件，猫儿山水质为上乘之作。有竹的清香，有竹的韵味，有竹的曲直，喝上一口甘爽直逼肺腑。假如临流弹奏一曲，自比瑶池神仙。

如诗坳背寨

　　一半是仙山，一弯抱琼岛。十数户农舍人家，团聚、掩映在沉雄伟岸的葫芦岭上。半遮颜面，半露芳姿的指甲花、三角梅、美人蕉、黄菊、红玫瑰，争奇斗艳，引出竹的潇洒，杉的挺拔，松枫的骄傲，万头攒动的柑橙、甜柚在秋的暮霭里乐弯了腰，显示出寨子的青春、秀洁、淳美。

　　我看到，踏着黄昏归来的村民那一张张喜悦、自信，背篓、

篓筐装载不完的笑里，蕴含着他们对美好生活的憧憬与热爱。他们具有感谢生活、懂得生活的一颗又一颗金子般的心。他们洁净无尘的居家行为，早已闻名遐迩，被省政府命名为文明卫生村寨。

依然赤着脚板，腿子上沾泥；依然拨雾弄晓，拾暮而归。你从他们的厅堂居室，亭台楼阶，屏风橱灶上的一尘不染，进而连猪们、牛们、鸡们、鸭们居住的处所也清扫擦洗得那样干净，就知道这是何等精神境界了。

古人云："山不在高，有仙则名，水不在深，有龙则灵。"省内省外的客人来了，市内市外的客人来了，摄影家来了，文化人来了，带着新奇，带着欣喜，和着壮乡优美动听的音韵节拍，一路踏歌而行……

我亦慕名而来。携妻与寨里一位在城里工作，聪明，俊秀，谌姓的燕子姑娘，在一个惠风和畅的傍晚，进入她家，进入潘姓，结姓，梁姓一户户人家。家家老幼，欢聚一堂，临风息坐，那是一张张乐融融如鲜花绽放的笑脸。我感触到这里亲情的和睦，尝到一口口蜜饯似的话语，品饮到的口风滴滴如甘露玉液琼浆。人生天伦之乐在这里得到最好的诠释。

我本是大山的儿子，曾终日在山的浪里蛙泳，总觉意犹未尽，总觉少些什么，那是民风啊，是人与人之间的少沟通，少信任。当我坠入这壮乡的情怀时，悉心领略至诚的呼唤，贪婪地吸吮着浓香的人情味。平等，互敬互爱，互不忌妒，正如奇山配妙水，自然协调。这是比什么都珍贵的心与心的交融啊，她显得无比的尚洁与纯美。我就像一名贪杯的醉汉，全身心浸没入这醇香四溢、画地为缸的酒海。

　　我转出木楼，走进延伸向河沿而去的水泥小路，绕廊一带环岛丛生的一垄垄稻谷，徐徐铺展开去，经由晚风的摇曳，进入金色的梦乡。

　　夜，已经完全沉浸在高秋的朗月里。

　　我依然不舍离去，而妻一颗兴味正浓的心，则每到一处，总会发出一串啧啧的赞美声。

　　有一刻我躺了下来。那是我在蹚过直舔我们脚肚的河流以后，到达寨前一湾环抱的琼岛。精砂卵石，圆润细滑，伴和着一阵阵释放琼岛特味的泥土芳香。这里的一切更让我感觉心的洗礼。嬉闹了一天的鸟儿在岛的篙苇中歇宿了。

　　四周的山显得很静很静。流水在沉静的夜中如歌地流淌。岛也似乎睡着了。这时候，尽可以倾听大自然身体里强有力的血液的流动声，我听到了大地的脉搏与坳背寨人心在同跳！

　　是的，显得有些激动的燕子姑娘说，这里已更名为"桃花岛"，届时，寨口——岛中一桥凌空，隔水相连，岛内遍植桃树，春暖花开时节，在此沙滩上再来点烧烤什么的，那该有多美啊。我从姑娘眼中的神往，看到这块风水宝地正迤逦着走向纷繁多彩的外部世界。我甚至已经听到她咚咚的脚步声。

　　这天晚上，我卧在仿佛已然飞向桃花岛上的虹桥，静听着山野的绿涛，心，已被坳背寨无边美的夜色融化了。

龙胜揽胜楼开业夜景

这天是龙胜县揽胜楼诞生之日。

龙胜是南方边陲小镇，居住着苗、瑶、侗、壮、汉五个民族。五个民族，五种语言，五种文化，五种味觉，五种不同的婚嫁习俗，齐聚这座不足两平方公里的小盆地间。江底河，和平河被高耸的勒黄峡交锁，漾成一片湖川。江水悠悠，蓝天倒映，南北二桥飞架，恍如彩虹盈空。县城依山而筑，两水环抱，小船往来，湖光山色尽收眼底。

晚上，登高凭眺，万家灯火，疑似天宫。江水墨蓝，心户洞开。

爱做梦的竹乡

　　从龙胜县出发，前往桂林，须经过庙坪。庙坪是个被竹林、树木簇拥的村庄。村庄坐落在小岛上，景致幽雅，环境舒适。抗日战争期间，日本人在这一带烧杀掳掠，这里的瑶族民众奋起反抗，留下不少可歌可泣的故事……

　　这里山多，山高，竹林繁茂，雨水充沛，因而，这里是雾的温床。下雨必起雾，温差大会起雾，冬日爱起雾，夏日也爱起雾。村庄常常沉浸在雾的怀抱里，做着散发出阵阵沁人心脾的竹香梦。

今夜的月亮特别圆

桂林漓江以"山青，水秀，洞奇"三绝闻名中外。唐代大文学家韩愈作诗称赞："江作青罗带，山如碧玉簪"。殊不知，漓江的月亮也特别圆。八月十五晚上，吃过晚饭，乘风清月朗，我携妻儿，步出室外，拿着供品，沿江岸往前走去。远处的叠彩山，木龙湖六和塔，香格里拉五星级宾馆，映入眼帘。虞山桥上，车流不断，人流不断。

月亮升起来了，好大的月亮悬在空中，令人诧异惊呼。我们摆上供品，向月亮祈求，让心和月亮一样明朗，不要黑暗。让情和月亮一般，遍游人间。

一帘金梦

　　随景移步，远山，近水，一帘金梦，关不住红檐黛瓦，翘角回廊的幽微与闲暇。

　　蓝天高远，白堤隐现。楼阁回廊在阳光下享受没被打破的沉默。宁静的湖面下隐藏着什么，鱼儿们知道。

　　垂帘外，美丽的桂林榕湖融入湖光山色的畅想。

石头城的翅膀

　　传说有座石头城，城中三十六柱石峰下托七十二寨，寨中房屋均系石块垒砌，包括墙基、墙体、瓦顶、窗棂、台阶、天井……据说，此系战国时期，楚国遭受迫害逃逸出来的两员大将为抵御追兵所建。

　　2003 年 10 月某天中午时分，我和鬼子老师（鲁迅文学奖得主）出现在石头城下。

　　这是桂林山水甲天下的阳朔县境某个地方。

　　举目四望，群峰巍峨，层峦叠嶂，茅岗深锁，四野荆棘砺足。向导在前，一边沿引，一边回头介绍山水形胜，不时地吟诵一首有关石头城的诗句。那时，石头城已在我心中长出了翅膀，古朴，高大，坚深的城池，深深的战壕，城壕中水流清澈；烽火楼，古碉堡群，且闻兵戈铁马阵阵。城中商贾铺面热闹非凡……

　　山柔，风柔，天柔，地柔。石级路面被人们硬朗的足迹踩踏出当当声响；硬朗的汗水滴在石板上发出轰隆的巨响。牛伏行于草丛间，石卧荒野，时有分不清究竟谁为石者，谁为牛者。螟虫催命似的嘶鸣，太阳火辣辣地剐着背皮，地里的红辣椒像刚刚梳妆打扮过的新娘。还有吊柏、柿子树、春芽树相互不服，争吵不休。红透了的柿子于绿影丛中捂嘴看笑。还有紫色的毒鱼花，开得甚为好看。假如将其捣碎，投入溪流，鱼儿们顿间腿直腰僵。注意了，越是玫瑰般悦人者，越具多重含义。

　　令我怎么也没想到的是，在经历近两个小时的一番苦苦攀登之后，人尚处于蛮荒当中，向导却说这就是石头城了。放眼望去，峰峦倒是无数，却哪有什么城的影子？完全一脉贫瘠野岭之地。数柱雄峰下边，稀疏着一个村庄，村庄名字非常响亮——飞虎寨。话说飞虎，却见不到任何飞虎行迹，既谓飞虎，决非等闲，不是山高林密，必然怪石嶙峋，雄峙一方。反之，也一定是气宇轩昂，仰天长啸，龙虎威严之地，但惜什么也不是！仅是个极寻常的三十六户人家的村落。除此而外，还有一个地势与此相仿的十五户人家的小村落。这就是纵横数公里传言中的石头城吗？论形貌、气势、民居构建、古朴凝重等飞虎寨较西城门下的小跃门山寨，远有不及；飞虎寨民居虽也多石砌石垒，却并不夺

势；虽也室牵室，宇连宇，巷道纵横，然，进退竟无章可寻；小跃门山寨则傍峰就势，寨随山势流转，高低错落，层层拔高，层层递进，十间百间房子首尾相连，高墙厚实，疑为自然屏障。石的房子，石的天，石的地，石的天井，石的台阶，石的走廊，石的正房厢房。一条巷就是十户八户人家，一座楼就是一座城堡，自树一派威势格局。人要在此细而幽长的小巷中行走，仿如进入历史时光隧道。这哪里是普通意义上的民居楼舍，分明是一幅精心构制的艺术杰作，是防御战的堡垒前哨，是一处攻守兼备之战略津要！仅仅目及，便已深感一股雄浑气浪扑面而来。而这大名鼎鼎的石头城，（硬算是城的话）给人的感觉是头重脚轻。舍此不论，单就城中一些正在破土兴建的楼群，一任改为青砖瓦房，这与原有的完全石砌石垒房屋风格大异，显出不伦不类，实则破坏格局。不禁想问，难道今人反不及古人？今人之能耐反不及古人能耐？今人之日子反不及古人日子？进一步看，现存的一些石头房屋，亦多近年建筑，那些青藤绕壁者，让人怀疑不过百年历史。从何种角度看，无论如何它只是一个年轻的村庄。哪来的石头城说？更没有什么古箭楼，古城堡，古绕城清流，古战火硝烟痕迹，或古得不能再古的市井街巷及古民居气息，没有！一切都没有！

一颗高高执起的心，顿时被掷入谷底。

不禁叩问苍天，传言中的三十六峰下托七十二寨难道不翼而飞了？石头城究竟在哪里？然，静下心来，又觉不是！想想入城时所经历的那道高深厚实的城墙就不是！一个远离人间烟火，道不通，讯闭息，绝少烟火的千峰万岭中的茅岗之地，没来由地，会有人肯花巨资修筑那样雄踞山野，有如万里长城般气概城墙？

难道这是某位茶余饭后无所事事者的一时豪兴之作？抑或是某位滋事造谣者，凭天捏造出一派石头城说？想想又觉不是。问题的症结在哪里？我于所谓的石头城里呆滞了半天，寻来寻去，依旧两手空空，仍旧心有不甘，于原路返回西门，试图对城的这个概念予重新领悟。

西门，为石头城东、南、西、北四门最壮观处。

如若你畅游过长城，便可想象，长城之气势，便是眼下石头城之气势。石头城墙体厚度长度虽不及长城，然，势孤势险绝不亚于号称天下雄关的居庸关。墙体由数百十斤重一尊尊方整石垛垒砌，中间竟不用灰浆相衔接。黑漆一般面孔的城墙，骑于两峰之间，重叠交锁，环环相扣，抖开一身雄风，大有一夫当关，万夫莫开之势。墙中央洞开一扇半圆弧门，容一人一骑通过。远眺山下，小跃门山寨缩为掌影。如此形势，实不能不为兵家所为！不能不为兵家所据！不能不是兵家必争要地！我相信，筑此城墙者，绝非空穴来风！绝非某个钱多到没处放的，神志不清的商贾一时心血来潮的弄险！更非一村一寨能力可为！设若为兵营，那么古战场呢？古石头城遗址又在哪里？城心脏地带没有。城墙下总该显露些蛛丝马迹吧？由此，我沿着墙根细细搜寻，就像大海捞针，墙里墙外，墙首墙脚，缝隙内外，均未发现任何点滴宝墨或斧凿印痕予佐证。

我伫立于巍峨、气吞山河之西城门顶，心里发问，此间藏着何等古怪？是否聪明的古军事家预设的欲盖弥彰机谋？遥想当年，从楚国逃逸而来，叱咤风云的战云高手，带着骁勇，千里奔涉至此，早兵疲粮乏，其力量只够于四面险要构筑城防。构筑城防的同时，却偏虚张声势，故布疑阵，摆下空城计，于妄称的石

　　头城内，日夜升足狼烟，借助滚滚浓云，以示军威；实者虚之，虚者实之，迫使追敌不敢贸然进犯。获此喘息之机，遂于西城门下筑一坚固石头山寨，摆出真正决战态势。但后来还是不免一场激战，直杀到天昏地暗，日月无光。而后大胜，大胜之后便迅速循迹消亡……

　　我想这石头城之不留任何痕迹，一定有其自身理由。与距此不足百里之遥的兴安县境秦始皇时期的灵渠，属两件完全不同个性的神物。它们之间，一个极喜张扬，一个只在隐匿；一个处明，一个处暗；一个锣鼓喧天震天价响，一个只毫无声息。石头城定属后者！真真正正地做一名无名英雄！灵渠自诞生之日起，已耀尽了秦王朝，耀尽了华夏，令世居于此的左近村舍市井颜面生辉，享用至今；石头城于最初的瞬间电光火闪之后，便不翼而飞了，余存一段千古悬案。此实则不事张扬的张扬！有朝一日，

甚而比有意张扬者更加来势汹汹。

这让我想起了风剥雨蚀的历史、岁月。历史本就具有隐匿性，潜藏性，包容性；具有厚重感，炫耀感。地表深层次下的一片磁片，一片瓦砾，一柄长矛，一口陶罐，一刃缺脚少腿的兵器，一柄石刀，一座古墓，如北方的编钟、兵马俑；又如南方的马王汉墓，这便是具有无限厚重量的历史。而历史是国之气脉，民之血液流传；是国之骨髓，思想的骄傲，民族的缩影；但历史极具难以拿捏性。而现实却异常尖锐，硬朗无情。这是无情的岁月利刃造成的，而岁月又是历史的腐蚀剂。岁月具有化的功能，历史会被岁月融化。化入水，化入泥，化为无尘。前人的坚硬的脚步声及其作品，被后人十分有限地将其中一部分保留下来，记录下来，比如文学、文物、绘画，古建筑。人类通过种种特殊艰辛劳动，将辉煌一时而后不免为岁月掩迹的一切耐腐蚀物谱成词曲，在笔尖上叫唤。

虚与实对，无与有对，浮与沉对，现实与历史对。随着这无意的张扬，将来到访石头城的客人，总有一天会于此石头城内做下件石破天惊、让世人目瞪口呆的事儿。像富饶的陕西、河南、北京、南京那般，地下藏有丰富历史内涵，挖一锄下去便现历史。让灵渠眼热，让万里长城浩叹。

还是行进我们的吧，让历史自己来说话吧。历史与现实这对老对手，某一刻定会在石头城这片土地某一区域中的某一微物，或是某一庞然大物剥落的光斑上发生碰撞。像掷地风雷，訇然一声，将地球炸个大窟窿，半个宇宙为之震颤。那便是震古烁今的古石头城的历史。

有一个叫葡萄的地方

　　叫葡萄的地方不长葡萄，长桃红，长油菜花，长侗乡风雨桥，长鼓楼，长侗族歌舞。

　　年关节过后一个风和日丽的下午，我的脚步被定格在这里。我的眼球像蜜蜂采蜜一般在桃花园里遨游：从这边跑到那边上，从这棵树跑到那棵树上，从这洼地跑到那洼地上，意犹酣畅，快

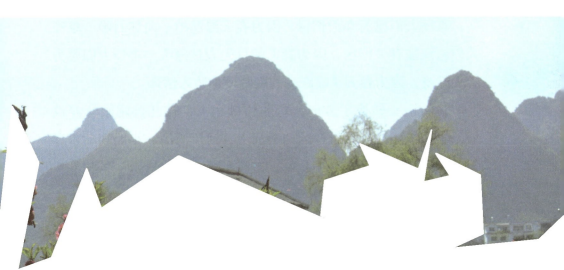

乐无边。

难怪人们愿为春天忙碌，因为春天温润的手向你召唤。难怪人们愿意被春天俘虏，因为春天的目光太过撩人。难怪人们愿为春天献身，因为春天噗噗跃动的胸脯使你坠入情怀。

我的镜头转换了方向，弯曲的柳梢上，被几盏耀眼灯笼点缀，年味依旧浓烈，弯弯的葡萄河上，河流湾湾，小船划动着春天之歌。

大地飞歌

　　永福县离桂林市四十多公里。这里风景秀丽，气候宜人。初以种植罗汉果和香菇闻名四方。永福的罗汉果个大，含糖量高。说到香菇，则要首推花菇，花菇个头圆润，香味纯正。

　　近年来，永福又出现了新亮点。世人发现，永福山好，水好，土质好，以至人多长寿，许多老人活过一百，八九十寿岁者比比皆是。于是，永福借这方水土之利，研发科学种养，科学食品加工，科学饮食养生，万人同锻炼，山呼水笑，大地飞歌。

秋天的畅想

　　出桂林往东二十余公里，即进入临川县海洋乡。海洋二字，一定让人产生汪洋大海之联想。然而，当金秋进入 11 月底，你走进这片神奇的土地时，映入眼帘的却不是你想象中的绿色海洋，而是一片金色世界。

　　海洋是一个盛产白果的地方。白果之大名，早在茅盾的一篇

有关白果树的散文中有过详尽描写，那样的感受或许早已浸入其骨髓，深扎脑海，印象之深可以想象。白果树有着高尚的情操，有着勇敢的献身精神，白果叶以及白果全身都是宝。白果叶可以入药，尤其对于高血压患者，喝白果叶烧煮的茶水，可以缓解其病症。而白果呢，按照当地的做法，先将果皮去掉，或干或蔫，配新鲜鸭肉熬汤煮食，算是一道美味佳肴，既甜味可口，又有一股清凉之味入唇腑肝。

这天，我和市摄影团一行前往海洋乡摄影创作，走到一个叫思安头的村庄，这里地处高原，地势险峻，沿途可见悬崖万丈，深不见底，一些人家几乎建在绝壁上方，屋子周围一棵棵白果树，点缀着秋天的景色。在思安头村，村前一泓清波，涛波之上浮游着一群鸭子。白果树倩影，倒映湖中。村中人家的屋脊上，走道间，晒谷上，全部洒满了金色一片，让人感觉走进一个铺满黄金的世界。中午就餐，我们吃的是白果炖老鸭。那汤味纯清爽，香冽凝重。

你能否想象，这种神奇之树，它的高大魁梧，它的状貌，它的空中的姿态，它的数百年依然挺立不倒的生命力，给人以何等酣畅淋漓的观赏想象？而它呈椭圆的金色的叶子，在春天是一道浓荫，到了秋季，则已成为一道金色风景。这道风景，掩映着村庄，点缀着秋天，渲染着人的情绪，宣示着生命的灿烂，以及呈现出的另一番人生境界。

登鹅山

　　这些年来，柳州市对城市、江河的改造做得较好，街道整洁，江水清幽，空气质量有了极大提高。对于一个重工业城市来说，难能可贵。

　　因而，一直有个愿望，攀登一次鹅山，眺望晨曦中的柳州城。

　　这天早上，我起床很早，坐车至山脚。在热心人的指引下，徒步登山。一路上，悬崖峭壁，惊心动魄，历时近一个小时，方登上山顶。

　　太阳升起来了，视野开阔，城轮廓依稀。虽有少许雾霾，但能见度依然较高。矮山，高楼，桥梁，沉浸在朦胧意境当中。

　　阳光倒映，江水如虹。城，一派温馨宁静。

蓝天下的村庄

枯树、蓝天、稻草，还有远处的村寨，伫立在初春的早晨，沐浴着阳光。

从融水县城前往安泰乡，须经过田头寨。大山怀抱中宁静美丽的苗村留下了我们的脚步。水车，风雨桥，展开巨大臂膀的古榕，以及弯曲的石级路，让人仿佛步入散发着幽香气息的远古时代。

村前一棵尚未发芽的枯树，枯树展开枝条，吸收春天气息。树下数堆收割后的稻草。作为母亲，它已走过春、夏、秋、冬，完成孕育丰收的使命。现在，它静静地张望着时光在流动，静静地守候着将生命奉献给来日的乡村。

夜莺之歌

　　融水田头寨的夜，呈现出宁静与热烈比照的场面。乡民把好客精神衍化为对客人的热情。乡村广场上，夜早已拉下帷幕，隐去了伸展着巨臂的榕树，也隐去了远山远水和远处的房屋。乡民们与远方来客端坐在吊脚木楼下，欣赏优美的笙歌舞动的旋律，领略乡村演员的激情喷发。

　　夜莺飞出来了，它的翩翩舞姿，如同夜空划过闪电。它的美妙歌喉，如同天籁之音款款而来，渲染着乡村情绪高潮迭起，推动着乡民情感波涛般涌动。

　　夜莺之歌，文化的传送者，灵魂升华的净化器。

歌舞之乡

　　三江侗族自治县地处广西西南部，以鼓楼、风雨桥撑起民族精神的脊梁；而糯米、酸鱼、酸肉为民族的基本生存要素。三江县还是茶叶之乡，歌舞之乡。三江起伏连绵的群峰大地之间，大面积的油茶基地，像巨龙的手臂，挥舞腾挪在白山黑水之间。侗族大歌则凝结着这个民族的灵魂。每逢节假日，比如初一、十五，比如三月三，比如国庆，在村寨里，在风雨桥畔，在鼓楼前的小广场上，打扮一新的青年男女，吹着芦笙，踏着芦笙的节拍，旋转着夜莺一般的脚步，踏着生活的节奏，像风一般起舞，像玉兔般腾飞。让心融入蓝天，融入自然，融入文化，融入人类历史，展示其民族优秀品格风范。

多耶歌姿

　　三江县的群众广场文艺如火如荼，几乎每月都有节庆。逢节便有演出，这些带着浓郁乡土气息的演出，让人感觉空灵、淳朴、真切。生活，文化气息滋润饱满。这些染着春风，脚板带着泥土芳香，穿着自家纺织布衣的乡民，从田间地头走到演出场上，打着红伞，吹着芦笙，摇曳着多姿舞步，纵情歌唱。歌唱生活、歌唱阳光、歌唱爱情、歌唱社会，歌唱人生。一曲未了，一曲复生。声声相息，款款多情。多耶的韵律，纵情在山乡的土壤里，播撒入人心。

送 亲

　　每年的正月初三，广西三江县程阳八寨，有多种喜庆活动，比如干南瓜仗，举行集体婚礼等。喜庆之浓以送新娘为最。

　　侗家青年结婚后，正月初三这天，整个村寨，举行集体送亲。抬猪，挑粑粑，挑柚子，挑鱼，穿越风雨桥，绕过鼓楼，走在村子的石板路上，一路行来，鞭炮声声，烟雾缭绕。

　　侗族人爱读书，爱文化，令人称道。集体意识强，集体观念重，一人有难全村出动。一家有喜，全村出动。一家有事，全村出力。风雨桥，鼓楼，是凝聚力，向心力，合力而就的成功范例。集体婚礼，集体送亲为集体意识强烈的添花之锦。

侗家禾廊

　　风雨桥，鼓楼是侗族人勤劳智慧的象征，也是侗家文化的重要组成部分。同时，侗家喜好晒禾廊。每年秋天，他们把糯谷、玉米、辣椒收割回家，扎成把，悬挂在楼梁上，有的地方还专门建造有禾廊。侗家人把鲜黄透亮的禾把、玉米一排排挂到禾廊上，任由秋风吹拂，缓慢风干。逢上天气好的时候，侗家也会把糯米禾粑及玉米辣椒晾晒在鼓楼前的广场上。

　　侗家晾晒禾把，晾晒玉米辣椒，既是一道风景，也是生活习俗和文化表现方式，由此可以想象和了解其丰富而美好的内心世界。

匆匆过靖西

靖西，广西西南部边防重镇，曾被誉为中国绣球之乡。靖西素以山奇、水秀、人杰、地灵闻名，素有"小桂林"之称。

秋原的风，将我引入这片美丽神奇的土地。原野群峰罗列，阡陌纵横，稻香阵阵，财茂物丰，美的盛誉与城交融。质朴的街道，质朴别致的楼房，一排排苍翠烟笼的街树。水果摊、药材摊、电器店、摄影器材馆，百货、珠宝商行，琳琅满目，让城幸福而充实；来来往往男人女人自信的步履，穿红戴绿一群群美艳少女的英姿，构成城市的风景；繁华而不喧嚣，富庶而不张扬，构成城的忠厚诚恳。

我四处张望的神色，告诉了眼前一位慈眉善目的药材铺老板，对于这座城市，我是匆匆过客。他让我有一种他乡遇故知之感。老板问我去哪，我说明了想去的地方。老板耐心细致地一一作了指点。

此刻，我身旁往来着无数车辆，居然没有一辆停下，像其他许多城市一样，一哄而上，把人死拉硬拽往车上拉。这里没有，有的只是自由自在的来往，这是靖西淳厚民风的最好验证。

我搭乘公交车到达离县城不远的旧洲村，这是有名的靖西民俗旅游村落。穿越过有如"如桂林山清水秀，似苏杭人杰地灵"

的盘龙驾鹤的牌坊，首先遭遇的是两棵苍老的大树。一棵是柚子树，另一棵是桂花树。柚子树不服老，竟然满枝满冠硕果累累；桂花树虽已花谢，满身疮痍，枝枯顶秃，却依旧精神抖擞，笑逐颜开，不禁让人肃然起敬。

树下立着位老者，老者怀抱着婴儿。婴儿甜甜的脸蛋，甜甜的小嘴，在甜甜的酣睡中，露出甜甜的笑容。老者满脸皱褶，被孙儿甜美的笑容荡漾开了。

两棵树很老了，据传，桂花树龄已逾三百年，柚子树也有百岁高龄。仅看那份沧桑装束，便知它们一定经历过很多很多，体验过很多很多，张望过很多很多，花开花落，星云迢递，烟雨行程，正如树下抱着孙儿的老人，只怕一肚子的故事有待叙说。

沿石头铺贴的路面缓缓走去，进入街旁一赵姓人家。主人刚

收割归来，主妇已将饭菜端上桌。清清一碗豆角，一碗青菜汤，夫妇俩对坐如宾，吃得那般有滋有味。我这不速之客的造访，使他们夫妇忙不迭倒茶让座，倒使我有些不安。

我想问他们年景，想想又觉多余，他们的快慰笑容，已经作了最好的诠释。我前庭后院转悠开去，电视、摩托、板车、单车，各安其位。一袋袋整齐堆放的谷垛，一把把饱满醒目的糯禾，把日子酿造的蜜汁，在小屋里涓涓流淌。后院更显活跃，鸡、鸭、鹅们的啪啪啄食声，与猪们的呶呶抢潲声，构成一首美妙的交响曲，在屋子里快乐地演奏。

穿越在久经文化浸润的古老村庄，就像穿越一道历史文化长廊。浓烈的文化脉息，透迤过我的肺叶，令我振奋。在旧洲，不同的门户有着不同的风景：古风茶户、紫壁遗韵户、酿酒工艺展示户、玉米水稻户、"双杂"种子销售户、鲁班木艺户、四方豆

腐户、风彩绣屋户，等等。在风彩绣屋里，那些或大或小，或黄或蓝，或青或绿，或红或白的五光十色的绣球，如一炷炷火苗在眼帘前面跳荡燃烧。这些凝聚着绣女心血的智慧产物，一针针，一线线，穿过岁月的芬芳，向我们走来，转而走向他乡他界。一只绣球，便是一片内心世界。与此绣球映衬出的绣女那张幸福灿烂的笑颜，不是最好的注脚吗？

我依次走去，"心蕴山河"文化户，闪入眼帘，厅里挂满了山水人物画。它们中有"瀑布"卷，"人面桃花"卷，"少女织绣"卷，"云山飞渡"卷，"蕉人挥泪"卷，运笔洒脱，诗意盈樽，栩栩如生，仿佛步入仙境。

画师六十有五，脸盘清癯，耳坠下垂，颇具雕塑意味。深邃的目光，具有穿透历史的感觉。口语畅达，放浪形骸，大有异人之禀。一经攀谈，果真异人，足迹遍布大江南北。古城，古镇，黄山，苏杭，大理，徽州民居，无不留下他辛劳的足迹。称奇的是，旅费用完了，便入城打工，或作画，或为广告公司策划，挣了钱又走。如此浪漫情怀，岂不是活的徐霞客吗？

我得离开了，回首来路，浓浓的壮乡情，像酒香飘逸在城郊明净的上空。古老的城镇，古老的村庄，沉浸在富庶、祥和、圣洁、宁静的境泊当中。我的战栗的灵魂，当为此干上一杯。为浪漫旅程祝福，更为靖西平安荣昌祝福！

仙人居

　　新疆是个好地方，小时候在课文里读过。而今来到这里，首先感到的是灵魂的震撼与洗礼。因为水，因为天，因为淳朴的自然生态。简单的住房，简单的饮食起居。一切出自自然，没有更多奢求。

　　站在河滩上，看着蓝河流淌，看着隔岸沉默的人家，看着坡上的矮小树林，峰后的蓝天，心生诸多感慨及联想。这样的黄金时段，显然不多。很快地冬天就会到来，那时，这里又该北风呼啸，漫天飞雪，气温会骤降到 -34℃。那时，会是怎样一番状态。

　　我想，微笑的阳光，已给出答案。

白桦林在歌唱

　　哈巴斯的阳光，起得比常人早。它知道，人们需要它。于是，它用光焰点亮村庄时，人们这才起床。人们后来发现，最先起床的不是他们，他们的房屋还处在半明半暗里，他们自身还在做梦时，白桦林先醒来了。

　　白桦林是这方水土的神物，有着无畏的献身精神。它们愿为人们造房，围栅栏，造纸，生火做饭等。它们还有更愿意做的，那就是它们爱歌唱。它们歌唱春天，歌唱自然，歌唱生命，歌唱这秋日晨光的辉煌。

秋天在此驻足

在新疆，无处不景，尤其是秋天，满山的白桦林叶开始泛黄，在秋阳的照耀下，金黄闪亮，山林仿佛成了金色海洋。

秋天喜欢这面山水，就如人喜欢这里一样。

秋天喜欢爬上白桦林梢唱歌，秋天喜欢在这里的地面打滚，秋天喜欢这里的房子，喜欢这里的人。秋天仿佛顽皮的小孩子，喜欢把头伸进门缝里，看人吃饭、睡觉，看人干家务活。

秋天驻足在这里，因为这是它的家。

小船睡着了

　　幽静的河流，幽静的蓝天，幽静的沙滩，没有一丝风儿的树下，小船睡着了。

　　小船的憨态，小船的睡姿，小船在太阳底下，而不是在晚上沉沉地入睡。

　　河流弯弯曲曲，沙滩如银。

　　小船为何睡得这般香甜，是因为有天当被，有地当床，有阳光轻柔地抚摸和催眠。

　　小船睡着了，不是因为劳累，而是因为宁静和美到令人颤抖的山水把它陶醉。

去看胡杨林

　　胡杨林——沙漠里的最强音，自进入青藏高原，我们就一直追寻你的足音，行程千余公里，终于抵达这片透着浓烈硝烟气味，名叫拖拉海的沙漠战场。

　　这是金秋八月，在青藏高原，距格尔木市不足百公里。

　　青藏高原不像东南地醒得那么早，临近七点，东方只露出一抹红霞，太阳还没有露脸。借助苍穹碧蓝色的反耀，可以清晰地看到，我们正面临着一片巨大的沙的海洋。波澜壮阔的漫漫黄沙，一直向天边涌去，我们乘势登上一座山峰，眼底世界，丘峦连着丘峦，波峰连着波峰，浪谷叠着浪谷，一浪浪的海潮，层层推涌开去，形成排山倒海阵势，呼啸成一派雷鸣之声。遇上强的阻碍，海潮便分流成众多的、小的波浪涟漪，团绕住一座座峰峦，一尊尊礁石，一岭岭沙丘旋转，旋转出一级级，一梯梯神龙现首不现尾，天造神境的梯田阵营。太阳出来了，这片九龙聚首，泛着金光的梯田阵营，在朝阳映衬下，上下天光，重叠演绎，绘成一幅无与伦比的美的流动画面，构成一幅气吞天象之奇观。这多像南方峰谷连绵，刚刚成熟的稻海啊。对了，这不正是蜚声宇内的广西龙脊梯田吗？这沙漠梯田，既有龙脊梯田的态势又有龙脊梯田之气魄。龙脊梯田主产稻谷，可拖拉海沙漠是产不

出稻谷的，但它也有自己的特产黄沙，无论规模、气势，以及所表现出的苍凉、凄美、残酷，都是龙脊梯田无能企及的。即便真正的大海，也是无法企及的。沙漠太漂亮了，我所珍藏的千幅照片里，没有任何一幅具此诱惑与震撼力量！

仅此方面说，沙漠确实伟大，甚至具有某种无可预知的神秘力量，让人颇生敬畏。这时，我们俯身于地，倾耳细听，听到了来自沙漠心脏发出的声音，这声音与大海发出的潮汐声何其相似？仿佛整个大地被此声浪掀翻。但沙漠毕竟不是海，也根本不能与真正的海相提并论，海是生命的吉祥之境，荟萃着无尽的、鲜活的海洋生命世界；而沙漠是个死海，是饥饿的死亡谷。如此惊世骇俗的沙漠的出现，对人类、对地球生态都产生严峻的考验。沙漠如同洪水猛兽，张着血盆大口，吞食血肉，吞食绿色，吞食生命，比老虎更可怕，比雄狮更凶猛，是地球上要命的大发淫威者，是人类生物界共同的敌人。长久以来，人们和植物一直在与沙漠搏斗，试图征服沙漠。与沙漠作战的勇士，为固守家园，他们在极端恶劣的环境里，栽草种树，遍植防沙林。步步为营，步步苦守。沙进我守，沙息我进。可以想象，这场古往今来的战斗是多么的惨烈，可它仍在进行。

前方已闻到喊杀声了。战火硝烟滚滚而起，当我们赶近现场时，眼底已是遍野尸骨，遍野残骸。头盔，枪械，战车，断脖子、断手断脚，残臂者，横陈满地。倒下去的，依旧英魂不散，仍旧在和黄沙搏斗，喊杀震天。这些个倒下的忠骨与忠魂，比活着的骨头还硬，拼死的姿态更为逼真！我身前一棵不知倒下若干年，酷似凤凰的英雄残骸，整个儿地依然保持原形，保持着飞的状态，保持着腿肌的紧绷，保持着躯干的不屈不弯。这是对命运的不服和抗争。而另一棵虎头龙身的残骸，死了也是站着的龙威，令人震惊！记得有句诗是这样写的：有的人活着，他已经死了；有的人死了，他还活着。这与其说是歌颂人，倒不如说是专为沙漠英雄下的定义。

我不知道真正久经沙场战火者，当他们走进这片沙漠，看到此番情景时，会作何感想。是不是同样也会产生一种触目惊心感，以此为真正战场？

有战争必有死亡，这是自然规律。经常频发战事之地，不属战略要地，亦必富藏奇珍异宝，甚至比奇珍弥足珍贵。刚才我们看到、闻到的那场浓烈的战火硝烟，就是胡杨与沙漠激斗发出来的。壮烈牺牲的英灵犹在！活着的依然体魄雄健，精力充沛，时刻准备战斗。

眼前的这一幅幅旺盛而充满生机的胡杨林，有的龙行虎步；有的似虬龙，似盘龙，似游龙；有的身披盔甲；有的隆伏着身，有的盘屈着腿，它们在屏息，养神，疗养；有的则好像正在练什么深奥武功；有的则陡竖双耳，警惕正视着前方，侦探远方敌情。总之，棵棵树木都在打足精神，浓绿着身子，时刻准备迎战。沙漠太残酷，留给它们的永远是干旱，永远是战斗，永远是焦灼与苦寒，它们只有坚韧，坚硬，坚强才能活下去。所以，它们必须一直这样浓绿着，醒着，立着，警惕着。用绿点缀沙海，焕发出沙海青春，因为环境不容许它们安逸与躺下。它们像钉子一样，牢牢地钉在沙漠地，酷绿，酷秀，酷生，酷长，因酷而达观，向生活微笑，向天地微笑，向苦难微笑。唯一个酷字，方可表明沙漠占领者前仆后继的心志及本质。

其实，胡杨林也需要这样一种残酷环境相陪衬。因为残酷

是相对舒适，舒坦，温柔富贵而言的；假如没有温柔富贵存在，也就无残酷的存在；又如坚强，如果没有软弱存在，也无所谓坚强；再如干旱，如果没有滋润，又哪来的干旱？如果没有这样一片瀚海做背景铺垫，又哪有胡杨林显示英雄本色的演兵场？有句赞扬胡杨林的话，是这样说的：生一千年！死一千年！不倒一千年！这是何等如虹之大气？这样说来，沙漠也成就了胡杨林的美名。

　　古语说得好，十磨九难出好人，又何尝不是十磨九难出好植物？人必须经历三灾六难，方始成就大器；植物也需经历三灾六难，方始成就雄材。吃得苦中苦，方为人上人，材上材。地球上一切残酷事物的出现，说不定便是冥冥中主宰特设之考场，沙漠便是考验场中的试金石、试剑石、测力器。假设生态进一步恶化，沙漠进一步拓展淫威，一般的生态植物，将无法与之匹敌，那么就请钻研效仿胡杨林吧！顺带说一句，滚滚沙漠中，还有一种芨芨草，它们这里一丛，那里一丛挺立在沙漠中，一副十足斗士之气，令人顿生敬慕之情。芨芨草和胡杨林并靠肩，息屏息，傲然屹立沙漠，体现一身硬气，一身骨气，一身朝气，一并为沙漠占领者。两者之间，看似各不相干，怎会联系在一起？我认为，它们之间如说不上夫妻，也即情人关系。或者说，这是两个不食人间烟火的家伙。既不问天吃饭，也不问地吃饭，你干旱你的，沙化你的，我兀自生长我的。沙漠不是觉得很了不起吗？不是觉得谁也拿你没办法吗？我胡杨林与芨芨草就是要制衡于你，就是要占领你，吃你，睡你，点绿你，点亮你！从这个角度说，它们之间一定有着我们人类至今难以企及和永远无法读懂的内容……

你敢深入沙漠吗？敢做沙漠独行客吗？你敢以沙漠为家吗？或许你不敢，可芨芨草就敢，胡杨林就敢！话说回来了，这些个英勇的沙漠占领者，也并非全然钢铁之身，亦非想象中那般坚强，具有三头六臂，那股勇冠三军锐气不减，永无懈怠。胡杨林也需要后继后续力量的递增递援。它们也是血肉之躯，也有脆弱的一面，易折、易倒的一面，否则，沙漠场中也就不会如此白骨累累，"壮志未酬身先死"一派惨烈局面出现了。

此刻，在经历最初的活跃兴奋后，我一人久久呆立在一丛胡杨木前，一动不动，我仿佛不能思索了，思维完全麻木了。别的朋友去到很远的地方玩去了，我只和胡杨木对视，默默地，它看我，我看它，相互不厌。相互之间，无论气味也好，气场也好，脉息的流速也好，全是相通的，情感也是相通相融的。我们都热爱生命，都有征服欲。

对于胡杨林来说，沙漠仍在逞凶，战争仍在继续。胡杨林要想成为沙漠中永远的占领者，仍需鼓足劲头和勇气。

追寻胡杨林足音者们，能说的是：胡杨林，再见了……

五彩湾

　　开阔的视野，树木，沙滩，河流，砂岩土呈现出红、黄、青、绿多种色彩，交相辉映，五彩斑斓。在阳光的照耀下，砂岩土发出多色光芒，仿佛岩土里藏有金银、水晶等折射物。你甚至能感觉，土壤里仿佛燃升着一盆盆旺盛的火苗。

　　流速缓慢，带着眷恋之情的河流，轻柔而温情地舔着沙滩，舔着树根，舔着它熟识的一切，不忍离去。

　　不知道五彩湾的河流为何这般蓝，是为了表征纯洁无瑕，还是上天、大地娇宠的结果。

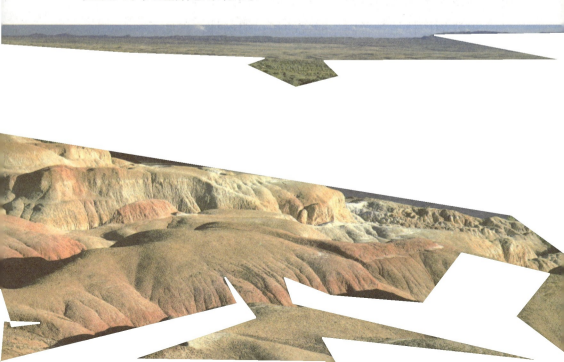

魔鬼城

　　早就听说魔鬼城地貌奇特，形状奇特。

　　前往魔鬼城这天下午，因为某种原因耽误了时间，路上汽车又扎了轮胎，到达目的地时，太阳离地面不高了。心急火燎的摄影人，早已躁动不安，车未停稳便冲了出去。

　　争抢角度，抢拍，快拍，移机，移位，拍得情绪激昂，惊心

动魄。

　　太阳很快下山了，领队几次催返，可相机快门的咔嚓声不肯停歇，一副意犹未尽的模样。然而，解说员的话言犹在耳：进入魔鬼城就像进入八卦阵，稍不注意，别说天黑，即使白天也迷途而不知返。

　　遗憾归程中，清点仓储，却也有所收获，不由得会心一笑，预期再来。

彩绘大师

    走进新疆魔鬼城，神秘的感觉顿时笼罩全身。特殊的地理结构，风沙和时间的雕刻，砂岩地貌在大师手里被随心所欲。或塑造为乳峰，或立城墙、碉堡。

    海浪，风沙，战马嘶鸣，历史烽烟，多少难熬时光，碾过此片土地的上空。

    长夜漫漫，斗转星移，时间在这片神奇的土地上，留下伟大的杰作。

    作为彩绘大师，光也不甘寂寞，它平静而悄悄地降临，为沉雄的土地，抹上光耀华夏的五颜神采。

神仙秘境

　　昨天还在匆忙赶路当中，晚上无法好好入睡。或许已收获太多喜悦，来不及细心整理；或许前路迢迢，解说员把隔日将出现的纷繁景致作了预期安排。

　　还是四点钟起床，还是四点半前吃完早点，五点上车。起床时，发现满地银色。

起霜了。这在我南方的家乡，以为稀奇之事。

我们将前往神仙湾、卧龙湾、月亮湾。

静谧，诗意，睡美人一般，这是神仙湾给我的第一印象。草滩上白色之雾，让人想到了圣洁。因为阳光的到来，圣洁的雾便有了灵魂的升华。

静静的草滩上，马儿在寻梦，游人在追景。秋天的歌声在远处的林梢头乐弯了腰。

神仙湾

　　神仙湾像梦境一般，清新养目，悦耳动人。雾，轻柔地从湖中升起，牛乳一般，漫过草滩、森林、原野。走向他山，他岭，走向另一个仙界。

　　神仙湾的树，神仙湾的水，神仙湾的人，仿佛成仙。这是因为纯净的性情，纯净的心灵，纯净的天空，纯净的自然所赐。

　　悄悄地走近，悄悄地问候，温柔地抚摸，无须丝毫的惊动。临别时，留下你的一派圣净养心。

卧龙湾

离开神仙湾，赶往卧龙湾时，太阳已经升高，如梦如幻的仙雾已经散去。原以为只有雾才有本事打扮这面山水仙姿，实则不然。当卧龙湾出现时，仍然让人感觉到心灵的震颤。

它是那样宁静，宁静到能听见心跳，宁静到能听见心动声。

形状特异的小岛上，长着白桦树、冷杉和其他树种。眼前的红叶，宣示自己的成熟。纯蓝，纹丝不动的湖心，将丰富的自然景致纳入胸膛。

月亮湾

　　新疆的神奇无所不在，雪山、草地、森林、湖泊、花海，一年四季，争相亮相，满目景致，闯入眼帘。

　　此时的月亮湾，秋天已经前来造访。白桦树叶黄了，冷杉依旧翠绿。阳光明媚。山，庄严肃静。喀纳斯河，静静地淌过月亮湾诗意的秋天。

禾木之晨

　　禾木的早晨十分热烈，既柔情悦目，又让人感觉亲切，让人充分领略边境村庄风情的不同凡响。阳光造访得也十分早，仿佛不赶早，村庄里升起的缕缕炊烟，就飞走了似的。

　　亲切的阳光，以它轻柔的脚步，造访了村庄，造访了河流，造访了人家，也造访了我们这些远道而来的过客。

　　转而，阳光又将自身幻化为焕发出五彩之光的涓涓河流，缓慢地流淌着生命节律，淌过村庄的上空，淌过或远或近的白桦林梢，将白桦林渲染成金色。

蓝湖承德避暑山庄

　　五月，去了一趟承德避暑山庄。一路之上，树木尚未发芽，蜿蜒连绵灰色调的雄浑大山给人以一泻千里之慨。踏入皇家园林别墅，恢宏气势与典雅气氛杂感交融。一草一木，一庭一院，一楼一阁，一湖一溪，让人产生诸多联想与感慨。不难想象，皇帝驾临至此的威风，以及皇妃、大臣们穿梭的影迹与朗朗笑声，依旧萦绕耳际。伫立于宽阔的湖面前，枯枝延伸向远方的小岛。蓝天，呈现出自然而深远的宁静。五月，南方已经火焰燎人，浓荫如盖；北国，依旧草枯树待发芽。

　　皇朝远去，小岛犹在，湖光山色犹在，匆匆游客，遗下几许深思？

多彩贵州芦笙女

贵州多才俊，或因山太高。

台江多佳人，或因水清淳。

2009年4月9日，我去了趟台江县。

这天是姊妹节，它是台江民族风情与人文景象互为交融的节日，素有东方情人节美誉之称。这天，县城张灯结彩，喜气洋洋，空气里弥漫着节日的浓香。美丽勤劳，激情四溢的苗族妇女，头戴银角帽，身穿雍容华贵的盛装，吹着芦笙，迈着坚定、自信的步子，击着春天的节拍，走进节日，走进春天。

有话对春天耳语

　　4月9日这天，充满生机的台江城，焕发着青春的热情，宽敞明净的街道，划过一道道亮丽的风景。穿戴盛装的姊妹，怀揣春天的梦想，脸上挂着春天的微笑，踏响着春天的节奏，赴约姊妹节。

　　姊妹节，别称情人节。情人有私密想对恋人说，不好开口，便将悄悄话托给春天，让春天转述心中的思念。

　　春天羞红着脸耳语情人，她已替她转达，并催促她们加快脚步，心爱的在前面相约……

村庄在林中露出笑脸

走进台江县红寨村，仿佛进入远古圣地。

古老的磨坊，水碾，风雨桥，吊脚木楼。一步一景，一步一诗。

苗族，是智慧的民族、多姿多彩的民族、尊重热爱自然的民族。他们热爱生活，热爱生命，热爱自然。他们深知，自然是生身之母，爱护自然，就是爱护母亲；损毁自然，就是损毁母亲。因而，在他们的房前屋后，至今依旧竹林相映，古木参天，清流潺潺，天人合一。

遥远的侗族村寨

　　贵州从江县小黄村，是一长在山梁上的侗族村寨。其像青藏高原一样高，天空是那样的明净清纯，天仿佛用手摸得着。不知道自然条件极差的村民怎样生活，他们的激情从何处而来，但幸福却分明写在脸上，眉宇间跳荡着快乐因子。假如把幸福喻为快乐的林中小鸟，那么，他们的歌声可谓比夜莺更甜美。他们亲切

和善，凝重自信的目光里，有一种憧憬，他们看到的总是未来，总是美好。而他们自织自染穿戴齐整的服装，他们的银子帽头饰和胸前垂挂的银子项链，以及独具韵味的鼓楼庭院，使人看到他们丰富的内心世界。

这是一个能吃苦的民族，同时也是一个会享受自然恩赐的民族，当然也是一个充满憧憬的民族，是一个和天比高低的民族，只需要一点雨露，就能生存的民族。

从江鼓楼和射灯

　　从江的夜五彩斑斓，城仿佛沉浸在灯河里，鼓楼高耸，夜空宁静。暖风在楼阁里自由缓慢地流动。风雨桥仿佛在梦里。夜花绽放，五彩光束，是对夜空的访问。

红波浩渺

　　这是一处典型的喀斯特地貌，地处湖南省怀化市通道县，百里侗乡画廊之中。一座座山峦，有的像田螺，有的像芋头，有的像峰乳，星星点点，点缀于群山怀抱。据说远古时候，这里曾是一片汪洋大海，不知经历了几朝几代，后来，便定格成这番模样。

　　前往万佛山览胜的前两天，下了一场暴雨，这天早上突然放晴。人还在山脚下，早已被山谷中徐徐升华的乳雾吸引包围了。到了峰顶，早已红日光耀，万峰浮云，气势磅礴，红波浩渺。真乃人间仙境也。

峨眉杜鹃

　　登峨眉山这天好大的雾，早上起床时，推开窗户，已见山间大雾沉沉浮浮，聚聚散散。虽已是五月，仍然刮着寒风，小雨不间断地下着。匆匆吃过早餐，开始徒步，然后坐缆车，再徒步。

　　树荫下，溪水边，小路旁，到处都是杜鹃花影。悬崖边上的杜鹃开得尤为热烈。红色、紫色的花朵，同时开在一棵树上。峨眉山的杜鹃花朵比别处的要大，而且更显滋润。不知道是气候原因，还是因为土壤特殊。我想，肯定与雾有关系，正是因为它的滋养，才使得杜鹃花开得如此繁盛与热烈。

从天府国之
天韵人身上想到的

　　我的目光把历史的天空划开一道裂缝；我的胸气在天府之国的大地上划了一道圈，心随峨眉苍茫陡峭的山体崛地而起。脚步丈量着山的高度，心脉触摸山的体温，情感深处荡漾开一湖浩渺红波。3000 米的高度，仿佛置身远古卫界。这是造物主赋予华夏的文化坐标。西部多雄峰的独特地理脉象注入大地骨骼肌体的强健，亦为此方英豪注入了坚强的性格与超逸的思辨能力。

　　高天流云，俯瞰天府国雄姿，紫气习习东来，佛堂秘境，香烟缭绕，身在梦里，心在梦里……实质上，这是一种文化，是空灵的佛教文化，是祈祷芸芸众生相安无事的文化，是人心向善问善的文化，是人与神灵共勉，互相依存。人对神虔诚，敬畏，信仰，而神则赐予人类安详，宁静与灵性。

　　我对四川这片土地，素来怀有一种景仰、崇敬、探秘之心。《三国演义》中的大英雄，关、张、赵、马、黄五虎大将名播四海。诸葛亮的《隆中对》及《出师表》以及胸藏宇宙之机的韬略，光耀神州。再说，李白、杜甫、苏洵、苏轼、苏辙，任何一道风景，无不像日月、繁星一般璀璨华夏，照亮着千百年来的天府国和华夏的历史。

　　几天后，我返程的心在高空中再一次俯瞰，阅读天府国大地的雄姿，再一次感受天府国和天韵人对文化和文化人的关怀挚爱，她将久远地勾连我对这块沃土厚重的文化底蕴及英杰们的牵挂与仰慕。

诗意村庄

婺源以油菜花闻名。

花写意，雨抒怀。古木掩隐，竹林疏朗，乳雾轻柔，村庄静泊在花影丛中，依偎于山的怀抱，日子被诗化。

水墨仙乡

这天的雨好大，从早上开始，一直持续。从李坑出发，过江湾、晓起，路途之间，河沟纵横，群峰叠嶂，田畴、村寨，油菜花，时隐时现，到达江岭上村观景台，时近五点。

雨越来越浓，山雾迷漫住远远近近的山头。村庄静卧在林荫深处。

这是一个森林植被十分繁盛的地方，樟、枫、松、杉，绕村而栽，浓荫郁郁。乡民们懂得树林是自然守护神，更是村庄守卫神，不仅营造水源，营造清新空气，还会给村庄带来富饶、美丽。

大雨之中，山影朦胧，树影朦胧，薄雾轻柔眷念，真好一幅水墨仙乡画卷。

如梦的村庄

从李坑村开始，几天以来的游历，淅淅沥沥雨水不断。远处的村庄，山峦笼罩在薄雾当中，呈现出诗化的感觉。拍摄油菜花，这样的天气或许不甚如愿，没有阳光，花色会因此缺失不少光泽。然而，事物往往具有两面性，雨水滋润了自然风物，滋润了村庄，滋润了拍摄对象，使被拍摄物体多了几分柔和神秘。

你的出现，可为实证。

细雨迷蒙中，你静静地伫立在水旁，树林为你站岗，河流为你梳妆。远山迷蒙，花影如面。宁静，庄重，典雅，略带羞涩的画面，呈给我游历婺源的意外惊喜。

诗意汪口

汪口村是婺源属地。婺源以徽派建筑、油菜花、木雕、茶叶等闻名于世。

这天，出思溪延村，经李坑抵历史上称为"千烟之地"的汪口村，仍然南风拂面，雨水淅沥。马头墙式徽派古民居建筑粉墙黛瓦，拱桥、亭阁、庙宇相连，相互辉映。村前绿水碧波，雾绕群山。

汪口村，历史上曾出过对国家民族有卓越贡献的俞姓大官。俞宅典雅古朴，雕梁画栋，为一代名居。

今天，这块圣土，依旧毫不褪色，神姿仙境，伫立江南。

只要雨还在下

　　三清山的雨水与别处的雨水似乎没有差异，淅淅沥沥的雨声，敲打着山的神经，敲打树枝，敲打在游人身上。这时，人总会想方设法寻找避雨的地方，或者把雨伞撑开，把雨衣披上。从这点上说，人的承受抗击能力万不能与自然相比。可是，人却因

此获得了好处。因为神秘之象总在雨后发生。雨水下了一阵之后，轻纱般的薄雾会因此产生，一波波地涌来，朦胧山体，朦胧自然风物，就如眼前看到的，那雾如仙纱般飘来，有的凝在远处，有的在峰峦间飘动。一拨去了，一拨复来。只要雨还在下，神秘意象便会往复，永无止境……

禹皇顶观景

　　头天下了几乎一整天雨，身子是雨水淋湿，或是自身汗水浇湿，不得而知，只盼隔天早上好天气。晚上几次起床观看，依旧大雾弥漫，数米之外，难见物体。

　　没有雾，期待雾。有了雾，期待散。雾聚是一种物象显现，散也是物象显现，全凭老天恩赐。

　　原定计划，隔天凌晨三点起床，三点四十饭罢，四点出发。

因为雾太重，更多的人不愿走了，我等几个却手持手电，撑着雨伞，吞云破雾，逐级攀登。因为雾太浓，咫尺之外，难觅人踪。心里有些害怕，却又停不下脚步；既怕走错路径，无法及时赶回出发点；又怕雾不消散，白跑一趟。迟迟疑疑，磨磨蹭蹭，不觉间，走了三个多小时，想不到，我们已登上禹皇顶。来不及取出相机，一阵大风骤然出现，云天忽地拉开一道缝隙，景致现身眼前。快门咔嚓响了几分钟，大雾再次弥漫住整个世界。大家不由得长吁了一口气，说："真是天道酬勤，老天不负有心人，没白跑一趟。"

山色空蒙，层峦叠嶂

　　从三清山驻地往西海岸出发，攀登了多少台阶，不得而知。总之到达平缓之处，天色已然发亮，这才发现身体浮在万丈绝壁之上。

　　不觉间，无尽景致纷至沓来。

　　起雾了。雾是这面奇山的润滑剂、化妆师。所谓神姿仙境，

如果没有雾的加入，那会是怎样的局面？

山的神奇，在于它的雄浑、伟岸，在于它的错落有致，在于拔地而起刺破青天的威势。而雾的神奇则在于它的轻灵与空蒙，在于它的柔性般的动感。

雾上来了。它温柔缓慢爬行，漫过山峰，填充沟壑，形成一派朦胧壮观景色，使心受到洗礼，灵魂受到震颤。或许，这便是我等此行的目的吧。

自然女神

　　早上九点，登临已近两个小时，我站在西海岸绝壁峰窦之间。回身东望，对面群峰林立的危崖之巅，轻盈的雾状自山脚一拨拨涌来，辗转逗留其间。它们是自然女神，专程为刚刚起床的峰林间淑女洗脸，梳妆打扮，然后披上神秘面纱，意在获取某位男士之心。

　　自然女神，以超乎想象的艺术手段，装帧自然，美化地理肌肤与耸立云天的绝壁伟岸奇观，借以吸引勇于攀登者，并激发其攀登者想象、创造之力。

眺　望

　　眺望蓝天，眺望白云，眺望湖泊，眺望佳人，眺望前景，人生总在眺望。或许眺望本身便是一种美好，又或是一种特殊的存在方式。

　　站在三清山巅眺望，自是另一番气象。清风徐来，雾气缠升；远峰峻拔，心如潮涌；神秘之象，自然灵气；心境幽微，放眼世间事，天高九千丈，何如三清山？

燃烧的黑洞

2000 年留住京城的某一天，我揣着一份虔诚、热切的渴求，就近去西郊山——曹雪芹居所造访曹雪芹。这对我这身处南方边陲小镇的人来说，未免有些冒失，但又不能不去，因为有幸待在京城的时光非常地有限。

我轻提微步，以风也不会说我踩痛它耳朵的步态向黄叶村走去。

人说他不在，说他已远离这方圣土两百多年了。瞬间，我的

一颗如悬胆样的心，被吊上了半空。

两百多岁月，这是一个什么样的时空概念？这答案恐怕得等将来的医学发达了，人可以活到这个岁数时，才可能有确切的答案。然，任何事物都有个例外，我相信曹雪芹的寿限并不在此列。曹雪芹会活得很长很长……你不见那低矮的茅屋正升腾起袅袅的炊烟吗？我已听到了他的一声咳嗽声，说不定此刻他正在做早饭呢。

我刚迈进园子，便为园中一派钟灵隽永的秀美山水所攫，所震撼！这哪是人栖息的地方？这分明是一处神仙也寻不着的去处：幽静，酷美。细草流莺的丘峦，恰如出浴的少女，扣人心弦，美目惊魂！樱桃沟一路欢歌奔过来，抚簧竹，捧花蕾，拽扯歪脖子古木的衣角，诸般妩媚，诸般诱惑，直令我抑制不住心潮的激动扑身向前……

黄叶村实在太美了。

应该说，曹雪芹是值得的，他的沉浮跌宕的舛运之舟，将他运载到此，使其具有此一派山水神韵，借以灌溉，浇活他逾越千古、恢宏如大海的才情，不也"塞翁失马，焉知非福"吗？曹雪芹既落泊至此，已再无他望，便潜心于治学。演绎《石头记》，艳说红尘人，洋洋洒洒万千言，旨在情与爱，旨在"无才可去补苍天"，用时下文坛

写人性，写人的生存状态，拷问灵魂的话说，"天下无能第一，世上不屑无双"的贾宝玉，实为怀抱利器，文章练达，博古通今的曹雪芹自身。

而今两百多年过去了，这位一直站在华夏文坛巅峰，一直把天空红透着的人，此刻在做什么呢？是在续叙《石头记》未来篇目？抑或又有了另一鸿篇巨制？

曹大师，你还是那样一如既往，遵从你对世态炎凉，对芸芸众生，只论心术，不分上下、尊卑、贵贱的博爱？

你还是那样不屈从于贾政，不趋炎于时势的得失？

此刻，我伫立于茅屋外，微闭着双目，我的眼帘的旷野中，滚过隆隆的风雷声，碾过苍天的战车，划出一道道渗血的创口，

一颗心却如排空的细浪。我想象着曹雪芹在此历史长河中，不卑不亢，风骨儒雅，绾起小辫，穹庐躬耕，奋笔疾书的情景。

我看到了这茅宅周围一片的恬静与清逸，我看到了屋外的石碾、石磨、小桥、流水、药圃、茶园，它们历历在目，并且处处预演着欣欣生命的向往与鲜活。我又一次听到屋内响起咳嗽声，心不由得再度狂喜不禁，伸手向柴扉轻轻叩去。

也许曹大师太忙了，他竟不管我，竟无暇顾及我这无名小辈的一再叩问。迫于无奈，我叩击门扉的力度不觉加大，竟冒冒失失跌进他屋里。

啊！这拥挤，这霉味，这简陋，这清贫，这屋子实在太小了。我一头撞溢的是墨香，一眼触到的是书稿，地上、桌上、架上、铺上挤堆着的全都是书，甚至连气流也充溢着书的浓郁芬芳。

我已置身于一片诗稿的大海。

我的胸襟，我的情怀，我的四肢百骸被此一片巨浪抛起，掷下，掷下，再抛起，经过一阵惊恐、惧怕之后，继之而来的快感，如电流般迅猛流遍全身。

我知道，我撞破了这屋子的宁静，我分明触到了这屋内的体温，还听到了人的呼吸声。我伫立于诗稿肺叶间，不敢有丝毫的举动，甚至不敢动一根指头去触碰才情横溢的书笺，唯其一双眼睛在一遍遍巡视着陋室的每一处角落。

后来，我信步进了厨房，我看到那破败的土灶上，架着一个缺耳、破唇、流着满面泪水的锅里焖着些土豆。曹大师，这就是你的生活吗？你就吃着这样的食物在写作？我知道你家境贫寒，不承想竟窘迫到这步田地。一时间，我的哀悯，我的震颤，我的伤感一并闯来，我的眼眶里，顿时漾成一条河。

我看到曹雪芹拖着恹恹的身子，在房中踱着碎步、一边啃着坚硬的窝窝头，一边不住地咳嗽。猛地，从他的喉头间涌上一股腥臭，那可是一口血呀。

孤灯残照下，他眼前铺展着一幅时代的画卷，里边有山，有水，有食物，有自然，有宫廷皇权，有血有肉，有苦有难的一群群众生相，一个个比活着的人还鲜活。他们有欢乐，有需求，但其间横亘着一道极端等级制度。那些个弱小的贫民在遭受凌辱，在忍饥挨饿，曹雪芹大把地抹那止不住的来自心底的爱的热涌……他要使这些穷且高尚的灵魂，一个个活上一千岁，一万年。这便是曹雪芹留给这世间闪亮的情爱的火焰。"无才可去补苍天"，不过是曹雪芹的自贬，苍天是什么？苍天是指掌握着天下苍生的统治者们要有博爱，对国家，对底层弱小者的情爱胜过于爱自己，胜过于爱圈内集权利益及其森然的等级制度。

自古家国兴衰、成败总关一个情字，试想，有哪一个爱他的龙椅宝座，爱他的集权利益甚于一切的薄情寡义的王君，可摆脱国不复国，家无可家，民生凋敝的最终结局？

付出与收获的比值从来都是对等的！

曹雪芹家境遭突变，不能见容于朝廷，竟至穷困潦倒，举家食稀，但是他没有阿谀奉承，没有泯灭他的情爱，他将一腔的热情赋予清修苦述。

"蓬牖茅椽，绳瓦床灶。增删五次，披阅十载"，曹雪芹把胸藏宇宙之机，澎湃如大海的生命源流注入《红楼梦》。字字句句一团火，燃烧的正如鲁迅所说"吃的是草，挤出来的是牛奶"血样的浓情。贾宝玉成了长生不老人，他们的永生，便是曹雪芹

博大情爱的不泯灭，是曹雪芹生命源流的永不枯竭。

然而，曹雪芹的身世、心智实在太苦了。这对于他自己来说也许并不觉得。设若他的这窘境为后世的你所瞩目，相信你亦会长泪满襟的。

我抹干眼角的潮湿，再一次回到屋里，我默默地站立在书山上，透过昏暗的小窗，眺望远天的云汉与流霞，但闻得室内飘溢出缕缕翰墨香，却终不见曹大师身影。难道说曹大师真的远离这世界了？难道我之所触所感终不过一场梦幻？

我终于按捺不住心中的疑惑与急盼，大声呼唤：曹大师——

这悠远绵长的声音，致使玉泉山脉对应出相应呼声：

曹大师，有人来拜访你——

又不知过了多久，我说你如再不现身，我可要撕你的书了

哇!"别别别!"一个略显苍老而急促的声音,仿佛从另一个世界传出来。

我说:"你就是曹大师?"

"是我,就是我,"曹大师气喘吁吁道,"我离你们太远了,背负得又太重,所以走得慢。"

我说刚才还听见你咳嗽,又怎说离我们很远?

曹大师说:"那不过是我在人间的一部分,而非一个完整的我。"那你究竟在哪里?

年轻人,我们来算一算好吗?我们设一小时为一里路,一共230年,历程是多少?

约200万小时。

这就是说我们相距两百多万里路!

两百万?这不一个天上一个地下吗?

这会儿我才真正体会人说的远离二字的含义。要见曹大师,这不意味着比登天还难吗?

曹大师说,年轻人,你不用焦急,但需辛苦一下。你先挪开我的那些书稿,一层一层往下翻,直到最底层,直到出现个黑洞,你往里钻,我往外走。

此话说得有些云里雾里,但却颇具刺激与挑战,我一面试着挪移如山一般尘封的书稿,翻江倒海想着的是洞中情形,那里一定住着贾宝玉,睡着薛宝钗,林黛玉在吟唱葬花词。贾府中出事了,王熙凤风风火火往这边赶来……

猛然,我的身下出现一个硕大无比的黑洞,只见那洞府深处吐出一串幽蓝的微光,身旁的书稿止不住一沓沓往下掉,渐渐地,幽蓝衍化为火苗。由火苗而生烈焰,那烈焰渐渐地炽烈成通

天大火。我知道，在此刻，这际天而来的幸运奇观，与我必备的勇气成正比。我将进入洞府，将穿越一道长长的时空隧道，去造访具有博大情怀的世之伟人。

那是一块被女娲扔在青埂峰下历验无情风雨的顽石，但是它通人性，虽无才可去补苍天，却把一道幽深的历史黑洞燃烧个通亮。这不比那些个自以为是的苍天者，更具一份与日月星辰同辉的启示？我现行进在洞府纵深处，骤闻一串串嘻嘻哈哈大笑声。远远地，我看到曹大师走在最前头，紧跟其后的那一群，不正是你我非常熟悉的面孔吗？

跃动的精灵

中国足球似乎钻进了一个怪圈，无论花多少财物，费多大气力，总难在国际足坛上扬眉吐气。球迷失望，国人也失望。教练被迫走人，队员腰杆难以挺直。对此，分析评判很多，似乎什么都说了，又似乎什么都没说。似乎什么都做了，又似乎什么也没做。或许，正应了宋朝大文人苏轼那句话：不识庐山真面目，只缘身在此山中。

只重体，而不重意；只重力，而不重念；只选一己所爱，而将感应忽略。忘却：功夫在诗外。打感应球，选意念人。主导者跳出局外。有一天，跳动的精灵会感动中华。

元阳梯田

元阳哈尼梯田属红河地区管辖。

我的家乡在广西龙脊，龙脊梯田素以线条粗犷豪放著称，它是那样高而遥远，仿横亘在天上。然而，哈尼梯田海拔更高，更悠远宏大，多年前已入世界非物质文化遗产名录。前往途中，忍不住在心里拿它与龙脊作比较，当其出现在眼前时，昂奋之情难以言喻。

哈尼梯田的雄浑大气，它的漫山遍野，它的明亮如镜的面影，以及千万根细密交叉的田埂，在阳光的照耀下，熠熠生辉。不由分说，元阳梯田的伟大，是自然的伟大，是人民的伟大。自然造就了这片神奇的土地，人民在此建造奇功。

元阳梯田的春天

　　元阳的春天来得比我桂北家乡早些。刚立春不久，村前的荒坡上，大多数树干上已添新绿，新的生命意象已在树梢上悄然走动。田野静悄悄，展示出宁静之美。仔细看去，乡民在光洁的田埂上行走，步履匆匆。或巡视，或劳作。其他几个，头戴草帽，踏着春天的节奏往屋后的林间走来。

　　农舍凝重端庄地守望在一旁，张望和等待又一幕春忙景象的发生。

　　到时候，又将是怎样的画面？

　　在宁静中等待热闹，在热闹中候着宁静出现，这便是自然、人类心灵之属吧。

元阳梯田光影

元阳大气层绝少杂质，空气透明度很高。一丝丝清新，清爽气体自天而降。漫步在元阳的天地里，快乐而兴奋地呼吸着，肺腑仿佛被过滤了一般，进而感觉连灵魂都得到了净化。

行走在著名的老虎嘴，眺望着山下的田园，阳光从布满云层的缝隙里钻了出来。手电筒般的光束，投射在充满诗意的田里，让人仿佛步入迷宫。

神秘如诗一般的元阳，充满想象的元阳，光影塑造了你，赐给你神性，你却把世人的目光吸引。

明媚的元阳梯田

世人叫你老虎嘴，你像老虎吗?

2009年3月5日上午8点，从多依树骑车抵达老虎嘴梯田。起床时还阴云密布的天空突然晴朗。明净，爽朗，温柔的老虎嘴梯田已在脚下。清新是这面梯田给我的第一感觉。田埂曲线流畅多姿，田面宁静明亮。这时候秧苗已经长高，村人在田间劳作。充满生机的树木，或单株，或成行地排列在田埂上。

元阳人喜爱在田埂上种树，究其原因，我想，是树木不仅具有自然神性，还有守护家园的神性之故吧。

人与自然为伴，树与田园相依，让生命家园焕发出迷人色彩。

树木掩映的村庄

　　元阳梯田的特点在于树木的种植。乡民们在田埂上，这里一棵，那里一棵，有些地段，甚至排列成行。

　　我常想，这种匠心独具的做法，除了点缀美化田园，除了有效利用空间，是否还有别的妙用。譬如这种种植，是否还因为劳作累了，可以到林荫下避避太阳，乘一乘凉，吃顿饭，好好休息一下。又或者土质肥沃松软，在田埂上种植树木，树木根茎深深扎入土壤固守田基。也许，还因为其他不得而知的深层次原因。总之，它是元阳人民的独创。